치유의 스무디

정유선 테마 소설

| PROLOGUE | 9 |
| EPILOGUE | 253 |

chapter 1	사랑하는 친구, 팀에게	10
chapter 2	바르셀로나행	12
chapter 3	영혼의 통역사	15
chapter 4	지혜의 언어를 상상하다	29
chapter 5	배에 타다	38
chapter 6	배 위에서	40
chapter 7	할아버지	46
chapter 8	어린 날의 치유, 고통을 놓아버리다	50
chapter 9	요가	64
chapter 10	치유는 방황을 감싸 안는다	75
chapter 11	답 가운데 머무르다	94
chapter 12	감각의 분출구	102
chapter 13	영화	114

chapter 14	**아픔이 준 꿈**	124
chapter 15	**운명 안에서 겪는 평화**	133
chapter 16	**치유의 종착역**	135
chapter 17	**치유라는 예술**	144
chapter 18	**치유의 세계, 바다의 골짜기**	152
chapter 19	**안아버리다**	158
chapter 20	**배에서 내리다**	159
chapter 21	**팀, 나야!**	161
chapter 22	**멀리건과 짐**	166
chapter 23	**그의 불안, 나의 불안**	170
chapter 24	**이야기의 문이 열리다**	178
chapter 25	**사랑을 발견하다**	192
chapter 26	**미스터리**	194

chapter 27	어린이와 어른	201
chapter 28	진짜 대화	203
chapter 29	지혜로운 아이의 비애	208
chapter 30	답	220
chapter 31	이런저런 이야기	225
chapter 32	루크	229
chapter 33	하늘의 정류소	235
chapter 34	멀리건과 짐이 헤어지다	242
chapter 35	다시 마주하다	244
chapter 36	임무 완성	247
chapter 37	집으로	249

치유의 스무디는 치유가 응축된 쉼에 관한 이야기입니다. 쿨라는 마음껏 치유에 관한 대화를 나눕니다. 대화는 쿨라가 지닌 진솔한 내면의 파편들로 구성되어있습니다. 그리고 지나간 고통에 대해 성찰하며 안심하는 순간들로 가득 차 있습니다. 이 책은 아픔을 겪었으나 끝내 치유를 지켜온 쿨라의 대화입니다. 쿨라만의 넓은 내면에 빠져보면 좋을 것 같습니다.

따뜻함이 곱게 마음에 흡수되는 이야기들이 있습니다. 쿨라의 이야기에는 치유가 고운 입자로 스며있습니다. 신선한 치유의 재료들을 정성껏 갈아 전해 드리니 시원한 스무디 한 잔 마시며 잠시나마 기분 좋게 즐기십시오. 바로 꿀꺽 넘기기보다 다시 한번 여러분만의 대화로 음미하며 꼭꼭 씹어 드시면 더욱 좋을 것 같습니다.

chapter 1
사랑하는 친구 팀에게

사랑하는 친구 팀에게

핸드폰 메모장 용량이 가득 차서 쓸 곳이 없어.

그동안 치유의 폭발이 왜 일어난 건지 모르겠어. 내 머릿속 에너지가 너무 거세. 이걸 풀어내고 헤아릴 필요가 있다는 걸 너무 늦게 깨달은 걸까. 난 크루즈 여행을 떠나기로 했어. 배에서는 움직이고 있으면서도 머물 수 있잖아. 나에겐 안성맞춤이야. 부모님과 함께 이모부 집으로 갔다가 나는 여행을 떠나. 한없이 넓은 바다에서 마음속에 있는 것들을 다 훌훌 펼쳐내고 싶어.

여정은 바르셀로나부터 출발해 마르세유, 니스, 라스페치아, 로마, 나폴리, 그리고 다시 바르셀로나까지야. 내 뜻은 분명해. 관광은 하지 않으려고. 정신없이 주의를 어지럽히지 않고 배에 머물기로 했어. 바다도 보고, 햇빛도 쐬고, 바람도 마음껏 맞고, 맛있는 것도 많이 먹을 거야. 그리고 사진은 찍지 않을 거야.

팀, 너는 내게 물었지. 도대체 내가 말하는 치유가 뭐냐고. 그 대답을 찾아서 너에게 편지를 쓴 것도 있어. 그 질문은 10년 동안 차곡차곡 모아온 일기, 그것도 아주 다양하고 섬세한 일기를 한마디로 요약하라는 것과 다름없어. 너도 고리타분한 선생님 같은 사람이 되고 싶지는 않겠지. 내가 생각한 바로, 치유는 사랑과 같아. 사랑을 한마디로 표현해보라고 하면 말이 막히는 것처럼. 그리고 오늘의 치유가 어제의 치유와 다르지.

사실, 팀. 나도 그걸 찾으러 가. 도대체 치유가 뭘까, 나는 왜 그토록 치유를 좇을까, 내가 쫓아온 치유가 뭘까. 내 여정에서의 치유를 너와 나누고 싶어. 그리고 돌아와서 자세하게 얘기해줄게. 그동안 지독하게 고통스러운 시간을 함께해 줘서 고마워.

chapter 2
바르셀로나행

 쿨라는 비행기의 흔들림을 느낀다. 부정적인 생각을 고쳐먹는다. 그러다 반복해서 괜찮다고 말하는 자신이 갑자기 거슬리기 시작한다. 쿨라는 비행기 안에서 겪는 불안은 처음이다. 비행기 안에 갇혀있다는 생각은 하지 않으려 한다.

'그럭저럭 시간을 보내다 보면 도착해있을 거야.'

 식은땀이 나고 손발이 차가워진다. 손이 떨려온다. 엄마 아빠가 앉아 있는 좌석을 넘어 화장실로 가서 눈을 감고 호흡한다. 그렇게 3분. 다른 사람이 화장실 문을 두드리는 소리에 겨우 진정시켰던 신경이 다시 불안한 상태로 돌아온다. 복도를 걸어 다니다 자리로 돌아와 어떻게든 잠을 청하기로 한다.

쿨라는 꿈을 꾼다. 온몸이 끈끈한 빨간 소용돌이 안에서 뱅뱅 돈다. 움직이지 못하게 막는 단단한 힘이 쿨라를 놓아주지 않는다. 다시 일어나 10분을 가만히 숨죽이며 호흡하고 나서야 불안이 잦아든다.

쿨라는 화장실로 가서 세수하고 정신을 차린다. 한결 나아진다. 거울을 보니 문득 친구들의 말이 떠오른다. 쿨라는 예쁜 편이지만 표정이 별로 없다고 했다. 쿨라는 한번 웃어본다. 미소는 어색하지 않은데. 억지로 함박웃음을 지어보고는 한숨을 내쉰다.

'그동안 맞는 길을 걸어온 걸까? 그렇게 긴 시간 치유를 추구해왔다면 지금쯤 나는 자유로워야 하는 게 아닐까? 헛짓을 해 온 걸까.'

엄마와 아빠는 쿨라에게 연신 괜찮냐고 물어본다. 도움이 안 된 지 오래라고 말하고 싶지만, 꿀꺽 삼킨다.

"괜찮아요"

담요를 어깨까지 끌어올리고 몸을 웅크려 무릎을 끌어안는다. 담요의 체크무늬 속 초록색 빛깔이 유난히 반짝인다. 쿨라는 한참을 바라보다 마음이 차분해지는 걸 느낀다.

chapter 3
영혼의 통역사

쿨라는 이모부 집 근처 해변에서 바지를 걷고 앉아 있다. 발에는 젖은 모래들이 단단히 굳어 있다. 쿨라는 읽고 싶은 책이라기보다 그저 자신과 함께 있길 바라는 책들을 담아왔다. 마음을 다스릴 명상 책과 달리 넣을 소설이 없어서 챙긴 『호밀밭의 파수꾼』과 『안네의 일기』, 그리고 어지럽게 끄적거린 글들로 가득한 고동색의 가죽 노트도 가져왔다.

'어제 다녀온 펍보다 백배 낫군.'

쿨라는 팔을 뒤로 뻗으며 모래에 손을 깊숙이 파묻었다. 뜨거운 햇빛 아래 바닷가는 관광객들로 북적거렸다. 여유롭게 일광욕을 즐기는 사람들로 가득했다. 사람들은 선글라스를 끼고 해변을 거닐며 사진을 찍고 있었다. 알록달록한 색깔의 파라솔이 바닷가를 따라 펴져 있었고, 아이스크림을 파는 사람들이 돌아다니고 있었다. 아이들이 공을 던지며 노는 시끌벅적한 소리가 사방에 떠다녔다. 뜨거운 햇빛과 많은 사람 덕분에 바닷물 온도가 올라갈 것만 같은 광경이었다.

쿨라는 바닷가에 앉아 있으면서 익숙한 기분을 느꼈다. 5살 때 마당에 있던 앵두나무의 빛깔이 떠올랐다. 쿨라는 사촌과 앵두를 따며 놀곤 했다. 앵두가 빨갛게 익은 걸 발견하고는 사촌에게 전화를 하러 집으로 들어가는 순간이 기억났다. 닫히는 현관 사이로 따스하게 비친 햇빛이 지금과 비슷했다. 쿨라는 레모네이드가 먹고 싶어졌다. 엉덩이를 들고 몸을 일으키려 하는데, 커다란 손이 쿨라의 어깨를 부드럽게 눌러 자리에 앉혔다.

"레모네이드는 당이 많아서 좋지 않아."

찡그리지 않고도 편안히 정체를 확인할 수 있었다. 햇빛을 정면으로 가려버린 건장한 체격의 청년이었다.

'아니, 내가 레모네이드를 먹고 싶다고 혼잣말이라도 했던가. 소리를 낸 적이 없는데.'

"맞아. 말한 적 없어."
"누구세요?"
"멀리건이라고 해."

멀리건은 쿨라의 손바닥에 생수를 쥐여준다.

쿨라는 낯선 사람의 눈을 이토록 오랫동안 바라본 건 처음이었다. 눈동자의 색깔은 짙은 초록색이었다. 우거진 녹음의 빛깔 같았다. 눈의 흰자는 보통 사람과 비교될 정도로 새하얬다. 티셔츠는 눈동자의 색깔보다 연한 초록색이었다. 흰색 반바지는 초록색을 더 돋보이게 만들어줬다.

- 멀리건: 햇빛에 비치는 네 얼굴을 봤을 때 5살이구나 했어. 사촌이랑 앵두를 따던 날 너는 내가 필요하지 않았어. 아이들은 영혼을 있는 그대로 느낄 줄 알거든. 해석할 필요가 없지.
- 쿨라: 예?

쿨라는 입을 벌리고는 눈을 활짝 떴다.

- 멀리건: 나야. 네 영혼의 통역사, 멀리건. 나는 네가 아주 친숙한데, 우리 악수할래?
- 쿨라: 영혼의 통역사요?

멀리건은 쿨라 쪽으로 손을 내민다.
영혼이라는 단어를 그토록 좋아했던 쿨라였다. 그러나 영혼의 통역사라는 단어는 선뜻 머릿속에 들어오지 않는다. 쿨라는 정신을 차리고 멀리건의 부드러운 손을 잡는다.

- 멀리건: 나는 영혼이 말하는 바를 우리가 이해하는 언어로 번역하는 역할을 맡고 있어. 영혼의 통역사는 영혼의 언어와 사람들의 마음의 언어가 다르다는 사실로 인해 생긴 직업이야. 그 둘을 일치시키는 게 우리들의 일이고.

쿨라는 정신을 차리고는 멍해져서 벌린 입을 금세 다문다.

- 쿨라: 그게 무슨 갑작스러운 말인지.
- 멀리건: 내가 얘기하는 걸 들으면 무슨 소리인지 알 거

야. 넌 충분히 파악할 수 있어.

쿨라는 이상하게도 멀리건이 낯설지 않다. 멀리건의 목소리는 남성스럽지도 여성스럽지도 않았고 듣기에 편안했다.

- 멀리건: 사람들은 화를 내면서도 깊숙한 곳에서는 사랑을 외치고 있기도 해. 사랑을 얘기하면서 권태를 지니고 있기도 하고. 화를 내면서도 깊은 무력감을 가지기도 하지. 마치 노래 가사는 이별을 말하고 있는데 멜로디는 경쾌한 경우처럼 말이야.

쿨라는 자신이 이 대화를 이해한다는 것이 의아하다.

- 쿨라: 그러니까 영혼과 마음의 언어를 일치시킨다는 거죠?
- 멀리건: 그렇지. 그러면 사람들은 진실을 느껴. 치유가 찾아오는 거야.
- 쿨라: 그러니까 정확히 어떻게 일을 하는 거예요?
- 멀리건: 사람과 대화를 하면서 자신의 참모습을 찾도록 매듭을 풀어주고 해방되도록 돕는 역할을 해. 다만, 나는 네 영혼에 직접적인 영향을 끼치지 않는단다. 책의 번역가가

책의 내용에 영향을 미치지 않듯이. 그저 운명이 시키는 대로 하지.

― 쿨라: 네. 알겠어요.

쿨라는 조금씩 고개를 끄덕인다.

― 멀리건: 우리는 잊히는 존재야. 나와 했던 얘기는 다 기억에서 사라질 거야. 다만 영혼에는 남아서 너를 서서히 이끌어주겠지. 우리의 존재는 잊힌다고 해도 영혼의 통역사라는 직업은 반드시 존재해. 자신만이 영혼을 스스로 해석할 수 있는 유일한 존재라는 것으로 늘 기억이 마무리되긴 하지만.

― 쿨라: 그렇군요.

― 멀리건: 나는 너의 진짜 모습인 영혼을 볼 뿐이란다. 무한한 사랑으로 늘 한결같이 바라볼 수 있어.

― 쿨라: 그럼, 지금의 제 영혼의 상태는 어떤데요? 어젯밤에도 나와 함께 있었어요?

― 멀리건: 네가 펍에 갔을 때, 넌 술을 마시고 싶지 않았어. 누군가와 함께 따뜻한 우유와 캐러멜을 먹고 싶어 했지.

― 쿨라: 어!

쿨라는 세차게 머리를 맞은 것 같다.

- 멀리건: 너는 사람들 속에는 있고 싶어 하잖니. 인간성을 본디 사랑하니까. 그러나 술은 네게 맞지 않지. 그래서 우유를 좋아하는 데다가 군중 속에서도 같이 마셔줄 수 있는 사람과 사랑에 빠지고 싶어 하는 거야.
- 쿨라: 제 영혼을 꿰뚫고 계시는 거죠?
- 멀리건: 그저 보고 있는 거나 다름없어.
- 쿨라: 이런, 질문할 거리가 많을 거 같은데 감당할 수 있겠어요?
- 멀리건: 내가 전부 통역해줘도 때가 아니라면 못 알아듣고 지나칠 거야. 때가 되었을 때 마음의 속도보다 조금 빠르게 해석해주면 사람들은 보통 깨달음을 얻는다고 하더구나.

쿨라는 똑바로 정신을 차리려고 눈을 활짝 뜬다.

- 쿨라: 그쪽 세계에는 법이 많나요?
- 멀리건: 영혼의 단순함 아래 수많은 법이 존재하지.
- 쿨라: 여태까지 들어본 것 중에 제일 오묘하네요.
- 멀리건: 너의 영혼은 마음보다 한참 앞서 가 있어. 또한,

네가 쌓아온 지혜들을 하나도 빠짐없이 보관하고 있지. 네가 모르는 통찰력을 갖추고 있고, 무한한 잠재력을 가지고 있어.
- 쿨라: 와. 제 영혼이 그렇게나 어마어마한 건지는 몰랐네요.
- 멀리건: 생각보다 단순하단다. 너도 깨닫게 될 거야.
- 쿨라: 근데 혹시 이 바르셀로나행이 저승으로 가는 길이고, 저는 죽은 거라면.

멀리건은 쓸데없는 파리를 쫓아내듯 손을 휘저으며 말했다.

- 멀리건: 무슨 말이니. 네 영혼은 아직도 생명력이 가득한데.

잠깐 깊은 정적이 흘렀다. 쿨라는 결심한 듯 입을 뗐다.

- 쿨라: 제 어두웠던 밤은요?

멀리건의 눈썹이 덜컥 내려앉았다. 두피가 힘없이 축 늘어지는 것을 눈썹이 더는 견디지 못하는 것처럼. 쿨라는 금방이라도 올라올 듯한 아픔을 간신히 삼켜가며 딱딱하게 굳었던 몸이 다시 기억났다.

– 멀리건: 그건 깊은 아픔이었지. 영혼의 상처였어.

쿨라의 온갖 에너지가 가슴으로 뜨겁게 몰린다. 몸의 곳곳에서 잠들어 있던 기운이 깨어났다.

멀리건의 눈이 흐려졌다. 멀리건의 눈은 금세 눈물로 가득 찼다. 매끈한 뺨으로 눈물이 흘러내렸다. 쿨라는 자신도 모르게 놀란 표정으로 손바닥으로 멀리건의 어깨를 감쌌다. 멀리건은 손수건을 꺼내 휑하고 코를 풀었다.

– 멀리건: 알아둘 것은 증상은 네 영혼에 존재하지 않는다는 거야. 영혼은 그것을 넘어선 너를 담고 있어. 너는 병으로 정의되는 아이가 아니란다.

멀리건은 구부정해졌던 자세를 힘껏 펴며 눈썹을 치켜올린다.

– 멀리건: 아픔과 별개로 네 치유의 여정은 차곡차곡 쌓아져 있어. 아직도 상처는 있지만 너의 노력으로 네 영혼은 치유로 줄곧 빛을 비추고 있단다. 그래서 내가 나타난 거기도 하고. 그건 해석할 거리가 꽤 있거든.

- 쿨라: 제 치유의 여정을 지켜보셨겠네요.

멀리건이 활짝 웃었다.

- 멀리건: 그럼. 네가 모든 것을 포기하고 누워있을 때가 기억나. 힘겨운 손으로 침대 옆의 책을 들어 읽었을 때. 최초로 치유를 깨달은 순간.

쿨라는 멀리건이 자신 옆에 쪼그려 앉아 있는 것이 꼭 소꿉친구 같다고 느낀다.

- 멀리건: 참 긴 여정이었다, 그렇지?
- 쿨라: 지독히도요.
- 멀리건: 치유라는 건 허무할 정도로 너무나 순식간에 일어나잖아. 사람들은 치유의 순간을 경험하고는 잊고 말지. 그것이 치유인지도 모르고 지나칠 때도 많고. 그래서 자신이 걸어온 여정을 잊어버리기 마련이야.
- 쿨라: 하지만 누구나 치유의 여정은 잊어서는 안 돼요. 너무 아깝죠.
- 멀리건: 그렇지? 특히 너의 경우는 더욱 그렇지. 남들은

잊어버리는 것을 정성스레 돌봐왔잖니. 나는 네가 치유의 여정을 상기하길 바라서 나타난 거나 다름없어.

 - 쿨라: 한 번도 잊은 적 없어요.
 - 멀리건: 그래, 맞아. 치유에 대해 네가 모았던 것들, 다 알아.
 - 쿨라: 내가 모았던 것들을 알아요?
 - 멀리건: 책들을 읽으며 모았던 수많은 명언, 마음이 편해지는 어구들, 기억하고 뇌리에 남기고 싶어서 예쁜 글씨로 적어둔 것들 다 알아. 그리고 항상 그 말들을 꼭꼭 씹어 삼켰던 사실도. 때론 머리를 때리며 네 세계를 뒤집는 인상적인 구절은 메모지에 적어 정성스레 붙여 놓았던 것도 알고. 다른 어구들로 바뀔 때면 전에 붙여 놓은 글들은 빛바랜 나무 상자에 늘 모아두었잖니. 짧은 글귀들은 블로그에 포스팅하고 주위 사람들을 위해 머리를 쥐어짜서 쓴 편지들은 소중한 사람들의 품에서 숨 쉬고 있겠지.

 쿨라는 흠칫 놀란다.

 - 쿨라: 무수히 많이 쓴 짧은 글들도 정말로 다 기록되어 있단 말이죠.
 - 멀리건: 결론은 네가 치유를 사랑한다는 사실이야. 아픔

이 생기는 것도 곧 치유의 여정을 계속하라는 의미라고 받아들일 만큼. 그래도 많이 외로웠지?

쿨라는 멀리건의 어깨에 기댄 채 말한다.

− 쿨라: 멀리건이랑 있으니까 하나도 안 외로워요.

쿨라는 조용히 쪼그려 앉아 모래에 끄적이다가 고개를 휙 돌려 멀리건 쪽으로 몸을 튼다.

− 쿨라: 멀리건, 저는 치유가 마법이 아니라는 걸 잘 알고 있어요. 머리서부터라도 어떻게든 시작해서 가슴으로 내려오는 거잖아요. 꾸준히 가랑비 젖듯, 쌓아오는 거.
− 멀리건: 그렇지. 얼마나 오래 걸리느냐에 아랑곳하지 않고 말이야.
− 쿨라: 근데 왜 전 아직도 불안한 거죠? 제 영혼은 어떻게 통역되죠?
− 멀리건: 그건 너만의 내적 여정을 통해 알게 될 거야.

해변은 여전히 뜨거웠다. 멀리건이 준 물은 모래의 온도에

금세 미지근해졌다. 쿨라와 멀리건은 해를 정면으로 맞은 채 실눈을 뜨고 사람들 너머 깊은 바다를 바라보았다.

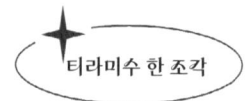
티라미수 한 조각

TO. 팀

내 아픔을 누군가와 공유하기란 참 어려운 일이야.
그래서 난 스스로 아픔을 치유하기 위해 여러 일들을 했어.
책을 읽다 마음을 울리는 구절을 아끼는 노트에 적어보기도
하고 꼭꼭 음미하면서 소화시키고 말이야.

우린 스스로 아픔을 치유할 수 있는 자기만의 방법을 가지고 있어야 해.
혹시 너에게도 그런 게 있어?

_____
_____
_____
_____

FROM. 쿨라

chapter 4
지혜의 언어를 상상하다

  – 쿨라: 잘 모르겠어요.
  – 멀리건: 네가 어떻게 치유되었는지는 전혀 궁금하지 않아? 그것부터 얘기해야 할 것 같은데.
  – 쿨라: 치유되었다고요? 아직 아니지 않아요?
  – 멀리건: 여정 중에 있지. 너는 지혜의 언어를 상상해왔어.
  – 쿨라: 지혜의 언어를 상상했다고요?

쿨라는 낯선 단어들이 자꾸 등장하는 것이 못마땅하다.

  – 멀리건: 치유프로젝트 901번째 날 기억나니? 너는 휴대전화 메모장에 쏟아놓은 말들을 읽어보기로 했지. 너는 널 제일

단단하게 붙잡아 줄 수 있는 것이 지혜의 문장들임을 알았어.

쿨라는 고개를 끄덕거렸다.

− 쿨라: 맞아요. 그래서 저는 말들을 소중히 여겨요. 지혜는 곧바로 치유로 이어진다는 것을 느꼈으니까요.
− 멀리건: 지혜는 경험을 통해 생겨나는 것이었는데, 너는 경험이 부족했지. 대신 너는 직접 만들었던 거야. 그동안 읽은 책들, 생각, 풍경들과 느낌이 뒤섞여 나온 돌연변이 같은 것들을.
− 쿨라: 내가 지혜의 언어를 상상한다는 게 뭔지 알고 있는 거예요?
− 멀리건: 일단 하나의 명언에서 시작하는 거야. 그 후로 마음에 떠오르는 대로 한마디씩 창조해보고 그에 대해 책임지듯 대꾸해보는 거지.

쿨라는 지금의 대화들을 한마디씩 마음에 떠올리며 따라가고 있었다.

− 멀리건: 너의 노트에는 이 한 문장이 적혀있었지. '어디에

시선을 두느냐에 따라 인생은 바뀐다.' 그리고 다음 날에는 '행복은 한낱 시선의 전환이다.' 그리고 다음 날에는, 네가 진실로 원하는 문장을 적었지. '고통 한가운데에 머물면서도 우리는 행복의 시선을 연습할 수 있다.' 아픔에 대한 의지를 담아낸 거야. 문장을 바꾸는 과정에서 깊은 진심이 드러났지. 이를 통해 우리는 깊숙한 영혼의 창조성을 닮아가는 거야. 점점 진화하는 문장들이 보이지? 잘 생각해봐. 너는 그렇게 문장들을 써가며 지혜의 언어를 상상해 나간 거란다. 하나의 주어진 지혜에서 수많은 갈래로 진화해가며 상상한 지혜들이 뻗어 나갔어. 섬세한 문장들에 둘러싸여 너는 살아갔지.

 ― 쿨라: 맞아요. 의미들이 나를 받쳐줄 때 무엇보다 안전함을 느꼈거든요.

 ― 멀리건: '햇빛이 겹겹이 쌓아진 면들을 통과한다. 빛은 하나지만 여러 가지 구멍으로 들어오는 다양한 은은한 빛들. 빛이 여러 개로 나뉘는 것은 같은 영감이 다른 말로 바꾸어 써지는 것과 같다.'라고 네가 쓰기도 했잖니. 그래서 매 순간 달라지는 상황에서도 다채로운 빛깔의 지혜의 문장들로 빈틈없이 위로를 받은 거야. 상상했던 지혜의 언어가 깊어지면서 영혼은 꿈틀거리기 시작했지. 지혜의 언어를 상상하는 것은 곧 영혼 깊숙이 문을 열어주었고, 계속되는 상상은 너

자신과 나누는 대화가 되었어.

- 쿨라: 사실 혼란스러웠어요.
- 멀리건: 자신의 삶을 개척하는 것은 혼란을 동반하지.
- 쿨라: 제 유일한 기쁨은 저 자신의 치유를 바라보는 것뿐이었어요. 아픔에 오래 머무르면 그렇게 되거든요. 그런데 누구도 치유의 순간을 얘기하지 않았어요. 아픔에 대한 답과 확신을 느낄 때마다 저는 너무 기뻤거든요. 근데 이 기쁨을 공유할 수 있는 사람이 없더라고요. 그런데 멀리건 같은 꿈같은 존재가 저 혼자만의 치유에 의미가 있다고 말해주고 있는 거예요.
- 멀리건: 넌 언제나 혼자가 아니었단다.

쿨라는 멀리건을 유심히 쳐다보며 자신의 얼굴이 편안해짐을 느낀다.

- 멀리건: 너 스스로 만들어온 여정이 네 영혼의 통역과 근본적으로 엮여 있어. 일단 너의 세계를 볼 때 너는 비로소 깨달을 거야.

멀리건은 힘차게 일어나서 쿨라의 머리를 부드럽게 쓰다듬는다. 쿨라는 질문을 하려고 하지만, 멀리건이 말했다.

- 멀리건: 난 너와 함께 있어. 그리고 결국, 너 스스로 너의 영혼의 통역사가 되는 것이 궁극적인 목표라는 걸 알게 되길 바란다.
- 쿨라: 고마워요. 멀리건.
- 멀리건: 아픔 속에 존재했던 너의 아름다움을 잊지 말아.

멀리건은 신신당부를 하듯 쿨라의 두 손을 꼭 잡는다. 쿨라는 입을 떼려다가 곧 체념하듯 말한다.

- 쿨라: 가시는 거죠?
- 멀리건: 잠깐만.

멀리건은 숨을 크게 들이쉬고 내쉬며, 눈을 감는다. 멀리건의 가슴에서 초록색 불빛이 나와 쿨라의 손으로 옮겨간다. 멀리건은 가슴에 넣는 시늉을 한다. 쿨라는 고개를 끄덕이고 불빛을 붙잡고 서서히 가슴안으로 넣는다.

- 멀리건: 네가 얼마나 괴로웠는지. 얼마나 노력했는지. 난

너와 함께 다 봐왔잖아.

 멀리건은 한 자 한 자 정성스레 발음했다.

 - 멀리건: 치유를 포기하지 않아 줘서 고마워.

그리고 숨을 크게 들이쉬고 정성스레 내쉬며 말했다.

 - 멀리건: 이제 괜찮아.

쿨라는 결국, 이 한마디 때문에 멀리건이 자신에게 온 것임을 알아차렸다.

 - 멀리건: 맞아.

멀리건이 윙크한다. 쿨라는 배시시 웃는다.

 - 멀리건: 이제야 편히 웃는구나. 갈게.

멀리건은 쿨라에게 등을 보이지 않으려 뒤로 걸으며 손을 흔들다가 휘청하더니 앞을 보고 모래를 꾹꾹 밟아 간다.

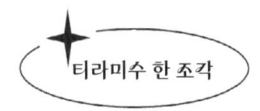

TO. 팀

팀, 난 치유를 위해 '지혜의 언어'를 적기 시작했어.
'어디에 시선을 두느냐에 따라 인생은 바뀐다.'라는 명언을 적고 다음날에는 '행복은 한낱 시선의 전환이다.'라는 문장을 적었지.
그리고 마침내 내가 진정 원하는 문장을 적었어.
'고통 한가운데에 머물면서도 우리는 행복의 시선을 연습할 수 있다.'라고.

혹시 좋아하는 명언이 있어?
그렇다면 그 명언을 적고
너도 너만의 문장을 완성해보는 건 어때?
치유의 시작은 '지혜의 언어'에서 시작된다는 걸 잊지 마.

FROM. 쿨라

chapter 5
✦ *배에 타다*

 아침 일찍, 쿨라는 손님방에 들어가 자는 부모님을 물끄러미 바라본다. 쿨라와 같은 것을 느끼거나 힘겨울 때 적절한 힘을 주지는 못했지만 늘 중심을 지키고 곁에 있었던 소중한 두 나무였다. 그들을 와락 안고는 그들이 영원히 존재하지는 않으리라고 생각한다. 완전히 이해하지는 못했더라도 사랑을 품고 지켜보는 것 역시 보통 일은 아니었다.

 - 쿨라: 다녀올게요.
 - 엄마: 그래, 잘 쉬다 와. 우리는 일정 때문에 일찍 한국으로 가게 됐으니까 이모부 말 잘 듣고.

　어느새 항구가 보였다. 도착해 짐을 내리던 이모부가 조심스레 주머니에서 조그마한 플라스틱 통을 꺼냈다.

　– 이모부: 들었다. 비행기에서 힘들었다고. 내가 예전에 먹던 약인데 받으렴. 잘 듣는 약이야.
　– 쿨라: 감사합니다.
　– 이모부: 편히 쉬고 오렴. 여행 끝에 내가 데리러 오마. 바로 공항으로 데려다 줄 테니 그때 비행기 안에서 쉬면서 가면 될 것 같다.
　– 쿨라: 이모부, 감사해요. 정말로요.

　쿨라는 트렁크를 열고 짐을 꺼내주시는 이모부의 등을 와락 껴안는다. 어색하게 미소 짓는 이모부도 쿨라를 넉넉하게 안아준다. 차가 떠날 때까지 쿨라는 힘차게 손을 흔든다.
　항구에 와있는 쿨라는 애써 이질적인 느낌을 삼키려고 한다. 기분 좋은 흥분을 느끼고 싶었기 때문이었다. 쿨라의 손이 가볍게 떨렸다.

　'혼자 여행 온 것이 처음이라서 그런 건가. 크루즈라니.'

chapter 6
배 위에서

　바닷바람이 쿨라의 앞머리를 부드럽게 훔치고 지나간다. 강렬한 햇빛과 힘찬 푸른색의 파도가 쿨라가 지금, 이 순간을 얼마나 기다려왔는지 알려준다. 쿨라는 시원한 바다 향이 자신의 선크림 냄새와 합쳐짐을 느낀다. 가족과 여행을 갔을 때의 냄새였다. 이제는 홀로 그 냄새를 맡으니 묘하게 혼자라는 게 실감이 났다.

　선체에 파도가 부딪히는 소리가 나는 것만 같다. 쿨라의 마음의 움직임이라도 느끼듯 바닥의 진동도 미세하게 느껴졌다. 쿨라는 코로 숨을 크게 들이쉬었다. 이 여행을 결국 햇빛과 파도 그리고 자신의 언어로 즐기게 되리라는 걸 알았다.

쿨라는 구석구석을 돌아다녀 본다. 모든 것이 쾌적하고 큼직했다. 여러 개의 뷔페, 수영장과 자쿠지, 요가시설, 도서관, 영화관, 카페, 명상실, 공연장이 있었다.

쿨라는 한동안 난간에 기대어 머물며 바닷물에 비친 빛을 좇는다. 자신의 시선이 집착이라는 걸 깨달을 때까지. 이윽고 쿨라는 짐을 풀기 위해 객실로 들어간다. 마르세유에 도착하기 전까지 쿨라는 일단 이렇게 바다와 햇빛을 보다가 천천히 먹고 자기로 한다. 관광에 나서지 않으니, 사람들이 마르세유 시내를 돌아볼 때 쿨라는 배에 머무른다. 기분 좋은 노곤함에 침대 위에 누워 잠을 청한다.

*

레스토랑에서 햄버거를 먹은 쿨라는 끈적거리는 손을 씻지도 않고, 선베드에 누워 한참이나 레몬 아이스티를 휘저었다. 녹아버리는 얼음과 함께 컵에 맺히는 물방울들이 탁자에 묻는다. 바다로 시선을 돌린다. 모든 상황이 펼쳐지는 곳은 바로 바다 위라는 사실을 또 확인한다. 쿨라는 벅차지만 소심하지 않으려 한다. 손을 뻗어 탁자 위에 묻은 물기를 쓱 닦아내며 바다를 바라보다가 다시 책을 집어 들었다.

  책에 나오는 대로 호흡법을 따라 해본다. 쿨라의 코로 시원한 바닷바람이 들어온다. 내쉴 때는 바닷바람과 섞여 묵은 기운이 가득 나간다. 쿨라는 한참을 호흡했다. 저절로 눈이 감겼다. 고통이 없는 세계에 머무르는 듯했다. 햇살 속에서 한참을 보냈다. 관광을 마친 승객들이 대거 배로 들어왔다. 저녁이 되어 노을이 지고 바다는 칠흑 같은 어둠으로 들어가 버린다. 바다를 뒤로한 채 객실로 들어갈 때 쿨라는 비로소 실감했다. 햇빛이 변하는 것을 느끼려면 한참을 바다 곁을 떠나지 않고 고요하게 함께 기다려야 한다는 것을.

*

  쿨라는 니스로 향하는 배 위에서 담요를 뒤집어쓰고 일출을 바라본다. 유난히 태양은 선명했고, 강렬한 빛을 내뿜었다. 쿨라는 아침을 먹지도 않고 바다가 보이는 카페에 나와 짧은 토막의 글을 쓰거나, 풍경을 스케치하다가 지루하면 시를 쓰기도 하면서 시간을 보냈다. 낮에는 풀에 들어갔다. 이어지는 낮 2시. 쨍한 더위와 시원한 파도 바람은 절로 입맛이

나게 해서 바로 뷔페로 갔다. 수영복을 입은 김에 자쿠지를 이용하는 것도 잊지 않았다.

 해가 지고 있었다. 쿨라는 자쿠지에 앉아 하늘을 바라봤다. 구름에 가려진 햇빛의 옅은 흔적이 자글자글 바다에 흘렀다. 쿨라는 손이 불 때까지 바다를 바라봤다. 구름이 지나가고 해가 나타났다. 햇빛은 쿨라에게 비치는 아늑한 조명 같았다. 처음으로 카메라가 없다는 사실이 안타까웠다.

'동공으로라도 사진을 찍을 수 있다면.'

 쿨라는 객실로 돌아왔다. 객실 탁자에 놓인 책자에는 '니스에서 사람들은 모나코 탐방을 하며 코트다쥐르의 아름다운 해변을 즐길 수 있다.'라고 쓰여 있었다. 쿨라는 책자를 에코백 옆으로 치워놓는다. 관광객들은 어김없이 나갔고, 저녁에 출항하기 전까지 배는 바다에 머무른다고 했다.

*

 곧 비가 내렸다. 바다에도 비가 내렸다. 왜 그 사실을 몰랐을까. 비는 세차게 내렸다. 차가운 바람이 마치 쿨라를 어딘가 따뜻한 곳에 들어가라고 닦달하는 것 같았다. 도서관은 예상했던 것보다 꽤 컸다. 배에서 조금 특별한 책을 읽고 싶다는 마음에 한참을 골랐다. 가벼운 내용이어도 좋겠다는 생각이 들다가도 마음이 충만해지는 책이길 바랐다. 결국, 아무것도 빌리지 못하고 나왔다.

그 사이 날이 어둑해졌다. 쿨라는 거짓말같이 비가 그치고 언제 그랬냐는 듯 멀쩡한 날씨로 승객들을 맞는 것을 보면서 그동안 배와 함께한 자신이 뿌듯했다. 저녁에 본 화려한 무료 공연은 아무래도 혼자 즐기기에는 너무 떠들썩하다. 멍하니 보다가 지루해져 조용히 나와 객실로 간다.

'이 정도면 웬만큼 부대시설을 이용한 건가.'

객실에 돌아와 쿨라는 한땀 한땀 일기를 적어나간다.

바다에서 햇빛을 볼수록 나는 느낄 수 있었다. 빛은 언제나 나를 이끌고 있었다.

초록색 불빛이 조용히 객실로 들어와 쿨라의 곁을 지킨다. 쿨라는 굳게 결심한 듯 빈 문서를 열고 글을 쓰기 시작한다.

chapter 7
할아버지

라스페치아에 도착했다는 안내방송이 들렸다.

'Good morning ladies and gentlemen. This is your cruise director speaking. We are pleased to inform you that we have just arrived at the beautiful port of La Spezia. The local time is 9:00 AM and the weather is sunny and pleasant perfect for exploring today's destination.'

부산한 배 안이 유난히 시끄럽게 느껴진다. 쿨라는 오늘도 넘실대는 파도를 보러 탁 트인 곳을 찾았다. 쿨라는 잠시 벤

치에 앉기로 한다.

 인파 속에 파묻혀 앉아 있는 남성 노인에게로 시선이 간다. 이빨이 다 빠진 듯한 나이가 지긋한 노인이었다. 볼이 홀쭉한 것이 꼭 80대 같았다. 노인의 상체는 고급 갈색 천으로 만든 셔츠로 감싸져 있었다. 금테 안경은 셔츠 주머니에 넣어져 있었다. 셔츠보다 진한 톤의 고동색 벨트에 베이지색 바지를 입고 가죽 신발을 신은 것으로 보아 입만 가린다면 그럭저럭 세련된 노인 같았다.

 노인의 얼굴에는 푸근한 미소가 배어 있었다. 인자함과 아이 같은 천진난만함도 서려 있는 독특한 인상이었다. 노인은 꼿꼿한 자세로 신문을 읽고 있었다. 다음 페이지를 넘길 수 있도록 침을 묻히기 위해 입을 살짝 벌리고 있었다. 노인의 옆에는 조그만 아이스크림 컵이 있었는데 아주 조금씩 아이스크림을 녹여 먹고 있었다. 이빨이 없어서 아이스크림을 택했음이 틀림없다. 노인이 스푼으로 아이스크림을 세 번쯤 떴을 때, 그제야 쿨라는 말을 걸 수 있었다.

 ─ 쿨라: 안녕하세요. 크루즈 여행은 어떠세요?

할아버지는 서둘러 무언가를 찾는다. 그러더니 배낭에서 메모지와 펜을 찾아 적는다.

　말을 못 해요.

할아버지는 또 노트에 휘갈겨 쓴다.

　물어봐 줘서 고맙구나. 지금까지 아주 좋아.

- 쿨라: 배에는 어떻게 타게 되셨어요?

할아버지는 망설임 없이 노트에 써서 쿨라에게 보여준다.

　치유하려고!

쿨라는 할아버지를 한참이나 바라보다가 흠칫 놀라 시선을 돌려 바닥을 내려다본다.

- 쿨라: 치유는 거창하고 그냥 쉬기에 좋죠. 뭐. 하하.

쿨라는 마음에 없는 거짓말을 한다. 처음 보는 사람에게는 적당한 농도의 말이 예의니까.

수많은 여행객이 모두 활기를 띠고 떠들썩한 소리를 내고 있었다.

- 쿨라: 쿨라예요. 저는.

chapter 8
어린 날의 치유, 고통을 놓아버리다

 쿨라는 한 외국인 가족이 사진을 찍고 있는 것을 바라본다. 핸드폰을 들고 남편과 아이들의 사진을 찍는 여성의 미간 한 가운데에는 점이 찍혀있고, 큰 눈에는 두꺼운 검은색 아이라인이 짙게 그려져 있었다. 보라색 사리를 입고 있었고 손목에는 갖가지 색의 뱅글들이 피부에 그려진 헤나를 가리고 있었다. 쿨라는 수년 전 자신의 집에서 정성스레 식사를 내어준 솜리따의 팔이 떠올랐다. 두툼한 팔뚝에 가득했던 문양들. 쿨라는 인도에서의 기억이 왈칵 밀려들어 눈을 감는다.

 폐를 무겁게 누르는 다소 답답한 공기가 이내 바다의 짠 내와 섞인다. 아그라의 거리가 쿨라의 시야를 덮어버린다. 아이들과 아저씨들, 아줌마들, 릭샤들이 가득한 도로에 온갖 상점과 물건들이 어지럽게 어우러진 풍경이었다. 매캐한 먼지 바람이 느껴졌다. 길거리를 뒤덮는 왁자지껄한 소음도 정신이 없다. 멀리서 덜컹거리는 버스와 짐을 가득 싣고 무거운 저항을 이기듯 선로를 뚫고 나아가는 기차도 보였다. 쿨라와 외숙모는 몸만 한 배낭을 메고 자물쇠를 끼우면서 느지막하게 걸어 다녔다.

 오랜 시간 동안 걷고 나서 숙소에 누워 맛봤던 기분 좋은 노곤함, 새로운 아침 일정을 소화하기 위해 서둘러 짐을 챙겨 게스트하우스를 나서는 분주함의 기운이 아련하다. 해가 지며 다시 고생스럽게 찾는 숙소, 점점 정리되어가는 짐이 좋았다. 여성 두 명이 여행한다는 사실이 별로 거슬리지 않았다. 기차간에서 인도인들과 섞여 이리저리 눌리며 인상을 찌푸리기도 했지만, 매번 겪는 색다른 일들이 여행객 신분으로서는 우쭐한 일이 되곤 했다. 아슬아슬하게 위험을 비껴가기도 했다. 반딧불이를 보러 가자는 인도인의 말이 무슨 의미인지 여행자 책에서 일러준 덕분이었다. 바라나시에서 향나무 위에서 시체를 화장하는 의식을 보는 것보다 더 무서운 경험이었다.

배고플 때 끼니를 해결해준 건 가끔 보이는 낡은 레스토랑이나 길거리 음식이 전부였다. 쿨라는 바라나시 한복판의 게스트하우스에서 앓아눕기도 했는데 그날 오전 바빠서 아침으로 우걱우걱 씹어먹은 상한 람부탄이 문제였다. 주인아저씨가 우유로 우려낸 진한 짜이티를 쿨라에게 가져다주었다. 매번 버스를 기다리며 어슴푸레한 새벽이 걷히고 해가 뜨는 설렘의 순간에도 손에는 짜이티가 있었다. 한국에 와서도 쿨라는 여전히 짜이티를 고집했다. 인도에서 마셨던 맛을 그대로 낼 수 없다는 걸 알면서도 그 인위적인 맛은 더 선명하게 원래의 맛을 떠오르게 했기 때문이었다.

 쿨라는 조용히 눈을 뜬다. 시야에 부드럽게 바다가 들어온다. 쿨라는 좀 전에 카페에서 주문한 짜이티를 홀짝거리며 마신다. 쿨라는 바닷속에 휩쓸려 들어갈 것처럼 물결을 바라본다. 난간 밑으로는 민트색 거품이 잔뜩 펼쳐져 있다. 멀리서 할아버지가 다가온다.

 – 쿨라: 바닷물에 들어가고 싶어요.

 선명한 햇빛이 쿨라의 얼굴을 비춘다. 쿨라는 얼굴을 찡그리지 않고 햇빛을 온전히 받아낸다.

- 쿨라: 바다를 느끼려면 그렇게 해야 할 것 같아요.

할아버지는 노트를 찾아 볼펜으로 휘갈겨 적는다.

그럼 뛰어내려야지.

쿨라의 얼굴에 미소가 퍼진다.

- 쿨라: 그럴 용기로 살아야 할 텐데요.

할아버지도 흡족하게 웃는다.

- 쿨라: 크루즈에 타신 걸 보니 할아버지도 여행을 좋아하시는 것 같네요, 그렇죠?

할아버지는 고개를 끄덕인다.

- 쿨라: 떠나는 이들에게는 돌아오는 축복이 있잖아요. 그

래서 저는 모험이 두렵지 않았어요. 15살 때 외숙모와 함께 인도 배낭여행을 다녀왔거든요.

할아버지의 눈이 동그래졌다.

― 쿨라: 할아버지의 경험에 비하면 부족하겠죠.

할아버지는 계속 얘기하라는 듯 손을 휘젓는다.

― 쿨라: 여행 내내 늘 함께했던 공기의 기운이 기억나요. 공기는 때론 전부를 담잖아요.

쿨라는 할아버지의 눈빛을 보고는 자신이 말하는 걸 정확히 알고 있다는 느낌이 들었다.

― 쿨라: 한껏 덥고 습한 공기가 굳은 몸을 열어주었죠. 그렇게 열린 틈 사이로 인도가 깊게 배었어요. 헛헛한 마음을 남김없이 채워줬던 공기였어요. 저는 기억해요. 제 몸이 무섭게 그 공기를 흡수하던 순간들을.

쿨라는 할아버지의 푸근한 미소를 보고는 마음이 편안해진다. 할아버지가 구부정한 자세로 앉아 조용히 글씨를 써서 쿨라에게 내밀었다.

인도가 너에겐 어떤 곳이었니?

- 쿨라: 솔직히 그 질문은 어려워요. '인도는 너에게 어떤 곳이었니?'라고 물어보면 온전히 답할 수 있는 사람은 드물걸요. 특별한 곳이잖아요.

할아버지는 이마를 '탁' 치며 책망하듯 손을 미끄러뜨린다.

- 쿨라: 그래도 지금은 답할 수 있을 것 같아요. 환희와 고통의 연속이었어요.

쿨라와 할아버지는 바다의 잔잔한 흐름을 한참이나 바라보았다. 쿨라가 하늘로 시선을 옮기자 할아버지도 그곳을 바라본다. 쿨라는 주위를 둘러본다. 사람들은 저마다 분주하게 움직이고 있었다. 할아버지는 어느새 눈을 감고 있다.

- 쿨라: 할아버지한테는 이런 얘기를 해도 괜찮을 것 같아요. 배 위에서 보고 안 볼 거잖아요.

쿨라는 문득 아차 싶다. 할아버지를 바라본다. 할아버지는 여전히 눈을 감고 있다. 쿨라는 그런 할아버지가 혹시라도 기분이 상한 건지 걱정된다.

- 쿨라: 죄송해요. 할아버지를 배 위에서 말고 다른 데서도 볼 수 있으면 좋겠어요. 진심이에요.

쿨라는 한참이나 할아버지를 바라본다. 쿨라의 눈이 점점 풀린다. 자신의 목소리가 전개하는 내용을 가만히 듣는다.

- 쿨라: 남들에게 들려주기 위한 배낭여행 시나리오가 있거든요. 그 이야기에서 제가 느꼈던 인도의 진짜 모습이 드러나지는 않아요.

쿨라는 문득 할아버지와의 대화가 익숙해졌다는 사실을 깨닫는다.

- 쿨라: 이 배에는 사실대로 털어놓게 하는 마법의 가루가 뿌려졌나 봐요. 인도 배낭여행은 특별했지만 저는 행복하지 않았어요.

할아버지는 눈을 떴다. 쿨라는 할아버지가 '무슨 일이 있었던 거니?'라고 눈으로 묻는 것 같다. 쿨라는 학교에서 무서운 하루를 마치고 돌아온 할아버지의 손주가 침대에 웅크려 누워있는 풍경이 떠오른다. 할아버지는 아마도 틀림없이 조용히 다가가 따뜻하게 말을 건넸을 것이다. '무슨 일이 있었던 거니?'라는 마법의 말을.

- 쿨라: 할아버지는 손주가 있어요?

할아버지는 고개를 끄덕거렸다.

- 쿨라: 그 손주는 참 운이 좋은 것 같네요.

쿨라는 할아버지를 바라보다가 손을 만지작거린다.

- 쿨라: 어린아이의 아픔은 어린아이라는 이유로 무시되

기 일쑤예요. 고통에 관해서는 이것만 기억나요. 머릿속에서는 온갖 뾰족한 압정들이 세탁기에 돌아가는 빨랫감처럼 이리저리 달그락거리고 있었어요. 수없이 찔리다가 둔해진 상처를 여행의 설렘이 간신히 감춰줬어요. 단순히 그 힘으로 배낭여행을 갈 수 있었어요. 인도에 가면 저는 아픔이 잠시라도 사라질 줄 알았거든요. 그런데 아픔이 더 선명해지더라고요. 인도의 낯선 고됨과 함께 불어날 때가 견디기 힘들었어요.

쿨라는 등을 펴며 자세를 고쳐 앉는다.

- 쿨라: 중요한 건, 이거예요. 버스가 고장 났던 날이었어요. 다른 버스를 보내줄 때까지 3시간 넘게 도로 한가운데에 묶여 있었거든요. 저는 외숙모에게 견딜 수 없다고 말했어요. 외숙모는 담담하게 말했어요. "인생은 고통이란다."라고요. 그 말에 잠시 어안이 벙벙했어요. 그때 내내 안개 낀 듯한 머릿속과 시야가 확 밝아지는 걸 느낄 수 있었어요. 버스에 타서 그 소란 속에서도 저는 굳건한 고요함을 맛봤어요. 인도가 저에게 어땠는지 물어보면 결국 그 순간을 얘기해야 할 거예요. 당시에는 이해가 되지 않았어요. 할아버지, 여행

한가운데 제 느낌을 정의할 수 있는 단어가 생겼던 거예요. 제가 겪고 있던 고통의 의미가 수면 위로 떠올랐죠.

할아버지는 눈을 감은 채로 부드럽게 고개를 끄덕였다.

- 쿨라: 모두의 인생이 고행이니까 그저 고통을 겪는 건 인생을 살며 자연스럽게 겪는 현상이었던 거예요. 제 잘못이 아니라는 생각에 얼마나 마음이 놓이던지. 고통이 모든 인생의 공통점이라는 것을 깨닫는 것이 제겐 해방이었나 봐요. 고통은 인류의 공통분모라는 구실로 제 고통은 날아갈 수 있었어요. 비관이나 상처, 염세, 절망 같은 단어를 선택하지 않았던 게 다행이라고 생각해요. 고통이라는 커다란 이름 속에서 여러 가지 아픔이 희석되고 숨겨질 수 있었던 것 같거든요.

쿨라는 아픔을 겪었던 장면들이 파노라마처럼 스쳐 지나가는 것을 느낀다. 그러다 쿨라는 세차게 머리를 흔든다. 뱅글뱅글 돌아가는 의자에 앉아 있다가 멈춰 서서 능숙하게 중심을 잡듯.

- 쿨라: 저희 아버지가 해주신 말씀이 있는데요. 어릴 때의 아픔은 성장이라는 이름으로 씻겨 내려가기도 한대요. 젊음의 특권이라나 뭐라나.

쿨라는 할아버지를 힐끔 본다.

- 쿨라: 솔직히 왜 아팠는지 궁금하시죠. 근데 그거 아세요? 기억이 안 나요. 아픔을 놓아버렸기 때문이에요.

쿨라의 엷은 미소는 희미한 아픔이 뭉쳐진 구름을 넉넉히 감춰준다. 할아버지는 여전히 눈을 감고 있었다.

- 쿨라: 할아버지, 해가 지면 타지마할이 금빛으로 변한다는 거 아세요? 저는 직접 가서야 알았어요. 밤이 되기 전까지 한참이나 홀린 듯이 바라봤죠. 한국에 와서도 몇 번이고 글을 쓰면서 인도는 빛깔을 달리하며 더 깊어져요. 아름다운 곳이에요.

잠시 머뭇거리다 쿨라는 참았던 숨을 강하게 내뱉는다.

― 쿨라: 머리가 깨였던 그 순간 말이에요. 그것도 치유라고 할 수 있을 것 같지 않아요? 진실을 알아버리는 것만으로도 사람은 자유를 얻으니까요. 인생이 고통이라는 것만큼 진실된 것이 어디 있겠어요?

쿨라는 자신의 말문이 트인 것이 어쩔 수 없다고 생각한다. 쿨라의 잔머리가 옅은 바람에 살랑거리며 얼굴을 스치고 지나간다. 할아버지를 보니 어느새 노트에 부지런히 글씨를 쓰고 있었다.

고통이 있다는 슬픈 진실을 깨닫고 비로소 치유되었다는 게 안타깝구나.

쿨라가 고개를 들어 할아버지를 바라보았다. 할아버지의 맑은 눈동자에 비친 환한 구름이 보였다. 쿨라는 그제야 마음속에서 시원하게 부는 바람을 느낀다. 오랜 세월 동안 잊고 있었던 상쾌한 공기였다. 쿨라는 난간에 배를 기대고 팔을 늘어뜨렸다. 그리고는 조심스레 두 팔을 뻗어 반짝이는 바다 위에 손을 펼친다. 마치 바닷물을 쓸어 만지듯이 허공에서 정성스레 손을 움직인다.

- 쿨라: 많은 사람이 인도를 다시 찾는 이유는 고생스러운 여행의 기억 때문이래요.

할아버지는 또박또박 큰 글씨를 쓰기 시작했다. 그리고는 활짝 웃으며 공책을 들어 보여준다. 공항에서 큰 스케치북에 이름을 써서 가족을 반갑게 기다리고 있는 것처럼.

이미 바다에 들어갔다 왔구나.

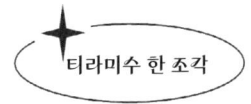
티라미수 한 조각

TO. 팀

아이러니하게도 '인생은 고통이다.'
이 한마디가 어린 날의 나에게 위로의 섬광이 되어주었어.
그걸 깨달으면서 고통이 사라졌거든.

너도 머릿속이 깨이는 경험으로 고통이 사라질지도 몰라.
아니면 성장이라는 이름으로 이미 아픔이 씻겨 내려갔을지도 모르지.
지금 네가 겪는 고통이 있다면 뭐가 있는지 알려줄래?
표현하다 보면 생각지도 못한 곳에서 깨달음을 얻을 수도!

_____

_____

_____

FROM. 쿨라

chapter 9
요가

바다는 이제 한결 익숙하다. 상쾌한 바다향도 이제 쿨라에게는 그저 차가운 공기다. 강한 햇빛에 파도의 힘이 아주 세차다. 쿨라는 맨몸체조를 하며 공기를 몸의 구석구석으로 보낸다.

쿨라는 선박 가장자리에 어두운 바다를 계속 쳐다본다.

'여전히 내가 바다 한가운데 떠 있다니. 이젠 돌아갈 수 없어.'

광활함에 섬뜩해진 쿨라는 얼른 할아버지 쪽으로 시선을 옮긴다. 할아버지는 어느새 책을 읽고 있다. 쿨라는 옆의 해먹에 앉아 가져온 요거트를 집어 들고 사람들을 구경하기 시작한다. 요가복을 입고 매트를 맨 외국인 무리가 떠들며 지나간다.

- 쿨라: 배에 요가 클래스가 있었나 보네요.

할아버지는 쿨라의 얼굴을 살피더니 종이에 뭔가를 썼다.

요가 클래스에 참여해볼까?

쿨라와 할아버지는 배의 내부로 들어갔다. 긴 직사각형 모양의 큼지막한 방이 나왔다. 천장에는 큰 팬이 세 개나 있었고 조명은 아늑했다. 어느새 사람들은 자리를 잡아서 방은 발 디딜 틈도 없이 빼곡했다.

- 쿨라: 참여는 못 하겠네요. 구경만 하죠.

쿨라와 할아버지는 방에서 나와 편안한 소파에 앉았다. 투명한 창문으로 보이는 수업 광경을 바라본다. 선생님으로 보이는 여성이 앞에 앉아 가부좌를 틀고 나마스테를 외치며 인사를 나눈다.

― 쿨라: 요가는 제게 신비로운 존재였어요. 집 근처 요가원은 마치 다른 세계 같았죠. 이국적인 실내장식, 향, 그리고 가볍게 가라앉은 공기를 좋아했어요.

할아버지와 쿨라는 사람들이 몸을 푸는 것을 구경한다.

― 쿨라: 저는 요가를 했었어요.

요가를 했었다니, 지금은 하고 있지 않은 거니?

쿨라는 망설인다.

― 쿨라: 모르겠어요. 좀 복잡해서요.

쿨라는 눈을 내리깔았다가 침묵을 유지하기로 한다. 이미 너무 많은 것을 얘기했다. 쿨라는 일제히 동작을 따라가는 사람들을 샅샅이 바라봤다. 조금은 겸연쩍은 듯 보이는 중년의 뚱뚱한 여성부터, 단단한 몸매로 다져진 30대 초반으로 보이는 여성도 있었다. 오랫동안 수련해온 듯한 근육질의 남성들도 간간이 보였다. 다들 자세를 따라가는 데 여념이 없었다.

할아버지는 종이에 끄적인다.

나는 사람들의 얘기를 듣는 걸 좋아해.

쿨라는 어쩔 수 없다는 듯 씨익 웃는다.

- 쿨라: 할아버지, 요가를 하다가 혼란을 느낄 수 있다는 거 아세요?

할아버지는 고개를 끄덕이다가, 옆으로 세차게 흔든다. 그리고 모르겠다는 듯 어깨를 으쓱한다.

- 쿨라: 대부분 요가수업에서 저는 쉴 수 없었어요. 사바아사나를 하느라 누워 쉼을 청할 때도 '이제 다 쉬었니?' 하고 고통이 절 데리러 왔어요. 어쩌면 고뇌가 가라앉기 위해서 저는 답이 필요했던 것이지, 몸을 움직이는 것이 필요한 건

아니라고 생각했던 것 같아요. 제 영혼은 당장 불을 꺼줄 무언가를 원하고 있었어요. 요가를 제대로 수련할 태도가 갖춰져 있지 않았던 거예요.

저런, 그래서 그만둔 거니?

– 쿨라: 어찌 됐건 저는 요가를 했어요. 치유가 제게 필요하다는 것, 그리고 요가가 치유의 수단이라는 명제만 믿고요. '내가 잘못 느끼는 거겠지, 치유를 느낄 때까지 요가를 해보자. 반드시 치유를 발견할 거야.' 하면서 요가 일기를 써 내려가기도 했어요. 다른 사람들의 치유는 빛나 보였지만, 그것이 제겐 존재하지 않았어요.

할아버지는 다리를 꼰 채 팔꿈치를 허벅지에 기대며 턱을 괴었다. 그리고는 안경을 고쳐 썼다.

– 쿨라: 불안을 견디는 해결책으로 요가는 너무 보편적이었고, 무책임해 보였거든요. 요가를 하면서 저는 울고 싶었던 적이 많았어요. 결국, 요가를 그만두었어요. 그렇게 잊혀 갔어요.

쿨라는 잠시 숨을 돌리고 요거트를 한입 먹는다.

- 쿨라: 요가를 그만두고 몇 년이 지나 저는 얼마 전에 우연히 서가에 놓인 요가 노트를 보게 되었어요.

쿨라는 가방에서 노트를 꺼내 보여준다. 빼곡하게 찬 페이지들을 넘기고 중간쯤 되는 부분부터 빨간색으로 동그라미를 친 것이 보인다.

- 쿨라: 몇 년 동안 적어왔던 것들 중에서 가뭄에 콩 나듯 좋아하는 부분들을 모은 거예요. 다시 읽어보니 요가를 하던 모든 순간을 싫어했던 건 아니었더라고요.

-

오늘은 매트 위에서 새로 도전하는 자세를 한 번도 성공하지 못했다. 좌절과 절망이 느껴졌다. 그런데 선생님께서 요가 매트 위에서는 마음껏 실수해야만 자세를 완성한다고 했다. 오묘한 균형의 세계에서 나만의 지점을 찾는 기쁨의 순간도 있었으니까, 내일도 연습해보자.

-

마침내 동작을 올바르게 했다. 아사나 하나하나뿐 아니라 각 아사나 사이의 흐름이 부드럽게 흘러갔다. 내가 움직임을 통제하고 있다는 느낌이 들었다. 그때야 비로소 한결 수월해졌다. 요가 동작을 연습하며 수련한 끝에 익숙해진 몸이 주는 안정감이 느껴졌다. 정성스레 견디고 버텨온 것이 주는 익숙함의 자유만큼 소중한 것도 없는 것 같다.

-

오늘은 정신이 희미해져 중심을 잃었다. 간신히 정신을 차리고 잠시 맑아진 정신에 보인 것은 하나둘씩 중력을 이기지 못하고 떨어지는 사람들이었다. 선생님은 흘리듯 말씀하셨지만 내겐 박혔다. 나를 차갑게 질책하지 않고 사랑을 느끼며 조금씩 무언가를 해보는 연습을 매트에서 해보는 것이라고. 내가 그걸 매트 안에서든 혹은 밖에서든 잘할 수 있을까. 문득 사람들의 몸짓이 아름다웠다. 동작을 완성하는 것보다 더 진짜 같았다. 우스꽝스럽지 않았다. 그저 에너지 넘치는 클라이맥스로 보였다. 사람들에게 다가가서 이렇게 말해줄 수 있다면 얼마나 좋을까. 당신이 아름답다고.

-

오늘을 마지막으로 요가를 그만둔다. 힘든 요가 수업 대신 명상 수업에 들어갔다. 마지막이라서 그런지 이상하게 마음이 가볍고 평화로웠다. 그렇게 안 되던 호흡이 자연스럽게 흘러갔다. 머리로만 알던 명상이 가슴으로 내려앉은 기분이었다. 진작 이렇게 되었으면 얼마나 좋았을까. 마지막에 가서야, 이걸 깨닫게 되다니. 그래도 요가를 떠나기로 한 결정은 변함이 없다. 지금 내게 필요한 건 이게 아니니까. 내가 평화를 느끼며 요가를 떠날 수 있어서 다행이다. 휴식은 누군가에게는 순간이기도 하지만 나에겐 여정이었다. 휴식에 뒤따르는 행복은 때론 수고스러울지도 모른다.

.

.

― 쿨라: 요가 일기를 한참 읽는데 제 몸이 매트 안으로 들어서는 것을 느꼈어요. 손으로 깍지를 끼고 팔꿈치로 단단히 뿌리를 내리고 머리를 박고 번쩍 다리를 들어 중심을 잡았죠. 몇 년 동안 몸 아래에 가라앉아 있던 요가의 가루가 퍼졌어요. 오르골을 거꾸로 뒤집었을 때 마법처럼 반짝이가 휘날리는 것처럼요.

할아버지는 한참을 읽다가 노트 한 귀퉁이에 글자를 써서 쿨라에게 가까이 다가가 손가락으로 가리켜 보였다.

네 요가의 여정은 헛되지 않았어. 진심이 고통에 묻혔을 뿐.

쿨라는 살포시 웃으며 고개를 끄덕였다.

- 쿨라: 치유는 순간의 휴식이라고 생각했어요. 그런데 치유는 여정임을 깨닫게 되었어요. 요가라는 여정 끝에, 제겐 치유의 메시지들이 남았죠. 기록해두기를 잘했어요. 고통이 사라지고 다시 요가를 마주했을 때 비로소 메시지만 체에 거른 듯 살아남았잖아요. 결국 치유를 향한 몸짓으로 얻은 것이었죠.

쿨라는 한참을 노트를 뒤적거리다가 고개를 젖혀 하늘을 바라본다.

- 쿨라: 한편으로는 그때 그냥 매트 위에서 다 내려놓고 펑펑 울었으면 어땠을지 아직도 생각해요.

쿨라의 뺨이 맑은 물방울로 적셔진다.

- 쿨라: 길을 잃은 곳이 매트 안이어서 다행이었죠.

쿨라는 빨갛게 달아오른 눈으로 웃음을 지어 보였다.

- 쿨라: 다시 요가를 하고 싶어요.

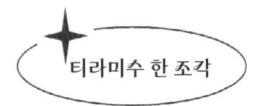
티라미수 한 조각

TO. 팀

나는 치유를 얻기 위해 힘썼어. 요가도 그중 하나였지.

치유는 순간의 휴식이라고 생각했어.

그런데 치유는 여정임을 깨달았어.

그 여정 끝에, 내겐 치유의 메시지들이 있었어.

너도 마음을 치유하기 위해 노력했던 적이 있었는지 궁금해.

그리고 그것이 무엇이든 헛되지 않았을 거라고 말해주고 싶어.

_____

_____

_____

_____

FROM. 쿨라

chapter 10
치유는 방황을 감싸 안는다

― 쿨라: 할아버지, 객실 가서 쉬다가 저기 레스토랑에서 만나요.

'할아버지 앞에서는 마음에 담아둔 이야기를 있는 그대로 표현하게 돼. 할아버지가 이토록 깊게 경청하신다는 것이 놀라워. 지혜의 말도 잊지 않으시고.'

낯선 이에게 이토록 마음을 연다는 것에 용기가 필요했던 것은 맞다. 할아버지는 인류 공통의 무엇을 끌어내는 능력이 있다. 쿨라는 할아버지의 대화가 기다려진다. 쿨라는 읽을 책들을 에코백에 담아 객실에서 나와 레스토랑으로 들어간다. 할아버지가 안경을 쓰고 아까 읽던 책을 계속 읽고 있다. 쿨라는 할아버지가 주문해놓은 아이스 아메리카노를 마시며 말한다.

― 쿨라: 사실 아까부터 묻고 싶었던 게 있어요. 방황에 대해서요.

할아버지는 안경을 셔츠 주머니에 넣으며 쿨라의 손에 들려 있는 책을 바라본다.

― 쿨라: '호밀밭의 파수꾼', 할아버지도 읽으셨죠?

할아버지는 고개를 끄덕인다. 종업원이 웃으며 다가온다.

"무엇으로 드시겠어요?"

― 쿨라: 저는 스테이크요. 할아버지는 스테이크 말고 다른 거 드셔야겠죠? 씹기 편한 달걀 요리는 어떠세요?

할아버지는 가방에서 조그만 분홍색 플라스틱 통을 꺼냈

다. 그리고는 꼼꼼하게 아래위로 틀니를 끼고 쿨라에게서 메뉴판을 뺏는다.

- 할아버지: 스테이크 미디엄 웰던으로 하죠.

쿨라는 입을 벌리고 멍하니 할아버지를 바라본다.

- 할아버지: 갑작스레 놀라게 해서 미안하구나. 스테이크가 너무 먹고 싶어서 말이지. 틀니를 잊어버렸다가 마침내 찾았거든.

쿨라는 20년은 젊어진 모습의 할아버지가 웃는 것을 얼빠진 눈으로 바라본다. 이윽고 얼굴에 환하게 미소가 퍼졌다. 그리고 점점 신나게 웃기 시작했다. 쿨라는 터져 나오는 웃음을 진정시키지 못하고 한참을 웃었다. 종업원이 정색하며 기다리고 있는 것을 보고 겨우 웃음을 참는다.

- 쿨라: 음료는 됐어요.

쿨라는 기침을 하다 사레가 들린 걸 간신히 가다듬는다. 점점 할아버지의 얼굴을 보고 차분한 미소로 돌아온다.

- 쿨라: 할아버지, 젊어 보이세요.
- 할아버지: 고맙구나.
- 쿨라: 깜빡 속았잖아요.
- 할아버지: 많이 놀랐니?

할아버지가 껄껄 웃는다. 부드러운 중저음의 목소리는 쿨라가 상상했던 대로 따뜻했다.

- 할아버지: '호밀밭의 파수꾼'은 다 읽은 거니?

쿨라는 아까의 웃음기를 되찾아 함박웃음으로 대답한다.

- 쿨라: 네. 이 책을 제대로 읽은 건 대학교 문학 수업 때에요.

쿨라는 책을 테이블 위에 내려놓고 물끄러미 바라본다.

- 할아버지: 문학 수업에서의 '호밀밭의 파수꾼'이라니, 아주 특별하구나.

할아버지는 장난스럽게 지루한 표정을 짓는다.

- 쿨라: 예전엔 잘 몰랐어요. 자신으로 돌아가기를 보채는 거대한 흐느낌이 담겼다는 걸요. 소설과 함께하는 동안 주인공 홀든이랑 진하게 방황한 느낌이었어요.
- 할아버지: 때론 방황에 흠뻑 빠져봐야 벗어날 수 있지.
- 쿨라: '호밀밭의 파수꾼'이 명저로 유명한 걸 보면 많은 사람이 방황에 공감한다는 말이잖아요? 결국, 방황이 인간의 본질인 건가 봐요.
- 할아버지: 흠, 그렇다면, 오늘은 배의 이야기를 들려줘야겠구나.

주문한 음식이 나오자마자 할아버지는 그릇을 밀어놓는다. 쿨라도 포크와 나이프를 들다가 내려놓는다.

*

배에는 많은 사람이 살고 있었어. 인생을 걱정 없이 즐기는 사람들도 있었고, 방에서 나오지 않고 심각하게 공부하며 몰두하는 사람들도 있었지. 그저 배는 계속 바다를 항해했어.

배가 정박하는 목적지는 없었지. 모두가 각자의 인생 항해를 하는 중이었어. 모든 사람은 배에 머물 힘을 길러야 했지. 초반에는 배에서 키를 잡는 것도 연습해보고, 키를 돌릴 적절한 때인지 아는 데 필요한 지식과 철학을 배우곤 했어. 망원경으로 앞으로 닥칠 것이 무엇인지 알고 미래를 준비하고, 망원경 렌즈도 종종 닦아주었지. 인생을 마주하며 나약하지 않은 정신으로 살아가려 했어.

그리고 여러 사람은 서로 협동하는 법을 배워야 했고, 우정도 나눴어. 당연히 사랑도 하게 됐지. 서로의 존재를 무엇보다 만끽하고 때로 열리는 로맨틱한 선상 파티에서 달콤함에 취하기도 했어. 사람들은 그렇게 살아가면서 배 위에서의 인생을 진정으로 즐기는 법을 배웠어. 배라는 걸 통해 사람들은 인생을 경험하지만, 그 배를 움직이는 것은 파도라는 것을 언제나 잊지 않았지. 바다가 곧 신의 품이었지. 배는 인간을 신과 이어주는 매개체였을 뿐.

안타깝게도 한편으로 배에서는 인간들의 다양한 삶만큼이나 수없이 많은 싸움과 경쟁이 만연했어. 또한, 각자의 삶에서 싸워야 할 것들이 정말 많았어. 삶의 어지러운 혼란을 겪고 그러다가 신을 미워하는 사람들까지 생겼지. 그래도 평화를 바라는 각각의 내밀한 마음은 모두 같았어. 모두 행복을 원했어. 결국, 마음의 평화를 찾기 위해 사람들은 그제야 차례차례 바다와 접촉했어. 신과 화해하기 위해서 바다로 뛰어들었지. 그러나 신은 사람들과 싸운 적이 없었어. 사람들이 자신의 삶과 싸우고 화해한 것이지. 바닷물 속에서. 사람들은 이미 배라는 신의 품 안에 있으면서도 수많은 방황을 겪다가 몸소 바닷물에 들어갔을 때 비로소 자유를 찾았단다.

*

- 쿨라: 흠, 알 것 같기도 하고. 잘 모르겠어요.
- 할아버지: 결국 부질없이 변하고 변하는 것은 인간이란다. 혼자 싸우고 화해하는 어리석은 우리야. 인간은 방황하는 존재란다.
- 쿨라: 방황하면서도 맞게 가고 있다고 확신하는 사람도 있죠. 다 바보들 같아요.
- 할아버지: 그 모든 것에도 불구하고 방황이 아름다울 수 있는 이유가 있단다.

쿨라는 다소 낯선 말을 접한 후에 당황했지만 침묵하고 쫓아가는 시간을 스스로 허락하기로 한다. 이 배에서는 급할 것이 없었으니까.

- 쿨라: 방황이 아름다울 수 있다는 건 동의해요. 방황 후의 모습이 빛나는 걸 보면 알 수 있잖아요.
- 할아버지: 삶 중에서 방황하는 인간의 본능이 있기 때문에 희망도 모습을 드러낸단다. 방황이 없다면 늘 희망을 찾으려는 인간의 모습이 드러나지 않겠지.
- 쿨라: 방황에 관한 이야기가 많은 이유도 희망을 보고 싶은 사람들이 많기 때문일까요?
- 할아버지: 그렇다고 볼 수 있지. 이야기는 방황에 의미를 더한단다. 그것이 방황을 사라지게 할 순 없어도 더 나은 길을 알려주지. 나는 수많은 이야기를 들었고, 그래서 더 지혜롭게 방황하는 것이 앞으로의 내 목표란다.

쿨라는 잠시 아메리카노 잔을 양손으로 잡고 의자에 웅크린다.

- 쿨라: 방황하는 와중에 반가운 소리네요.
- 할아버지: 어떤 방황을 하고 있는지 궁금하구나.

골똘히 생각하듯 쿨라의 시선이 천장을 향한다.

- 쿨라: 방황의 시작은 학교였어요. 학교는 끝끝내 제게 둥지가 되어 주지 못했어요. 정말 많이 멈추고 걷기를 반복하며 가까스로 살아왔어요. 결국, 길고 긴 학교생활에서 벗어나고 나서야 저는 저다워질 수 있는 시도를 할 수 있었어요.

쿨라는 할아버지의 시선이 깊어지는 것을 느낀다.

- 할아버지: 서로의 성장과 어마어마한 생명력들의 부딪힘이 이뤄지는 곳이 학교이지.
- 쿨라: 그곳에 저는 없었어요.
- 할아버지: 그렇구나.
- 쿨라: 너무 큰 공포가 저를 못 박아놓은 것처럼, 꼼짝없이 그 고통을 남김없이 느껴야 했어요. 불안에 얻어맞아 멍이 들고 피가 나서 바닥에 쓰러져있을 수밖에 없던 시간이 있었어요.
- 할아버지: 많은 아픔을 지나 여기까지 왔구나. 널 그렇게나 아프게 했다니, 가슴이 아프구나.

할아버지의 표정이 슬퍼지는 것을 처음 본 쿨라는 내심 놀란다. 할아버지의 단단한 미소 뒤에도 종종 슬픔이 존재했을 거라는 사실을 새삼 깨닫는다.

- 쿨라: 지금은 괜찮아요.

할아버지는 깊게 숨을 들이쉬고 내쉬면서 말했다.

- 할아버지: 먼저, 학교에서 인생이 궁극적으로 고통이 아니라 경이임을 배우지 못한 것이 안타깝구나. 학교에서 벗어나도 20대는 나는 게 익숙하지 못한 아기 새와 똑같단다. 아기 새가 둥지에서 떨어지더라도 실패한 게 아니야, 그저 온전한 치유를 겪어내고 또다시 날아오를 준비를 해야 할 뿐이지, 절대 비난할 일이 아니란다, 절대! 오로지 나는 것만이 중요하니까 말이다. 특히 스스로 떨어졌다고 자책하는 것은 너무나 슬픈 일이지. 우리에게 필요한 건 판단이 아니라 치유란다.

쿨라는 할아버지가 자신의 침묵을 다정하게 감싸 안는 것을 느낀다.

― 할아버지: 그거 알고 있니? 누군가는 네가 아플 때조차도 아름답다는 것을 알아차릴 수 있단다. 아플 때도 너는 빛나고 있었는데. 너는 아픔으로 그 빛을 매장하기에 바빴을 거다. 결핍되었다는 이유로 자신을 학대하고 누릴 것을 누리지 못하도록 못살게 굴었던 것은 아닌지 걱정되는구나.
― 쿨라: 아픔을 겪고 살아남기 위해 많이 노력했어요.
― 할아버지: 너는 살아남기 위해 존재하는 게 아니라 아름답고 충만하게 살기 위해서 존재하는 것이란다.

쿨라는 내면의 표면이 사포에 갈리듯 부스러기가 일어나는 것을 느낀다.

― 쿨라: 아픔이 제 삶을 지배하진 못했어요. 늘 치유가 있었으니까요.
― 할아버지: 다행이구나. 네가 겪어냈다면 스스로 당당하게 자랑스럽다고 말해주렴. 누구도 너에게 스스로 축하해줘야 한다고 일깨워주지 않는단다.
― 쿨라: 아픔이 너무 길다면요?

할아버지의 눈썹은 팔자가 되었다.

- 할아버지: 미안하지만 아픔은 짧고 이야기는 길단다. 치유는 굳건하고 아픔은 잠시지. 그 고통을 어떻게든 지나 보내면 누구나 자신만의 길을 발견하기 마련이야.

쿨라는 눈물과 선크림이 섞여 따가운 눈을 연신 닦아낸다. 쿨라가 고개를 들어 하늘을 보니, 눈물이 광대뼈로 후드득 떨어진다.

- 할아버지: 울어도 괜찮아. 너는 자기 연민에 빠진 게 아니니까. 지나온 과정에서 흘려야 했던 눈물을 지금 빼내는 거란다.

쿨라는 연신 눈물을 닦아낸다.

- 쿨라: 죄송해요. 정말 많이 뒤처진 것 같아요. 진정한 꿈을 찾느라 많이 멈추고 방황했어요. 가능성은 거대하고 현실은 저 아래에 있고 그 둘 사이의 틈에서 오는 혼란스러움이 괴로웠어요. 꿈이라는 이름으로 온갖 어려움과 고통 속에 수십 번이고 저를 내던져야 했어요.
- 할아버지: 자신에 대해서 치열하게 이해하는 과정이 뒤

따랐겠구나.

- 쿨라: 맞아요. 제가 원하는 꿈이 세상이 허락한 형태를 띨 때까지 다양한 일들을 적용해보고 찾아 나가는 여정이 정말 고통스러워요. 얼른 정착하고 싶은 마음이 있지만, 그럴수록 마음만 급해지고 찾기 어려워져요.

- 할아버지: 그 과정을 겪기로 선택한 너기에 대단한 거란다. 그 과정을 제대로 겪어내면 진실한 꿈을 찾을 수 있고, 앞으로 너다운 선택을 해나가며 살아갈 수 있을 거야.

- 쿨라: 뒤처졌다는 느낌을 견뎌야 하는 수밖에 없겠네요.

- 할아버지: 뒤처지고 앞서는 건 없어. 모든 것이 편안해 보이는 사람들도 그들의 진정한 꿈을 향한 여정은 계속되고 있단다. 그러니 급한 마음은 가라앉히고 너의 가능성을 차근히 생각해보렴. 너 자신에게 가장 솔직한 과정을 경험하고 있는 거야. 그리고 그것만큼 너 자신을 발전시키는 것은 없어.

쿨라는 눈물이 마음을 적시고 난 뒤에 뽀송뽀송하게 증발할 때까지 흐르는 것을 모두 내버려 두기로 했다. 그리고는 다시 마음속에 흘러다니는 얘기들을 내뱉기로 한다. 한참 동안 쿨라는 웅크려있다가 조심스레 말했다.

― 쿨라: 저는 단지, 너무 괴로운 순간을 어떻게 해야 할지 모르겠어요. 당장 아픔의 순간에는 어떻게 해야 하는 거예요?

― 할아버지: 아픔의 순간에 홀로 그 고통을 겪어내는 아이들의 마음을 생각하면 가슴이 미어지는구나. 그 아이들을 다 구할 수 있다면 얼마나 좋을까.

할아버지의 눈이 흐려진다.

― 할아버지: 때론 남김없이 겪음으로써 마침내 고통이 사라질 수도 있단다. 그걸 가능하게 하는 건 인내심이 아니라 치유가 있다는 믿음이란다. 그저 참는 것이 아닌 가능성을 보는 것이 필요하지.

할아버지는 반대쪽으로 다리를 꼬며 골똘히 생각에 잠긴 듯 턱을 괴었다.

― 할아버지: 이미 젊은이들은 놀라울 정도로 자신에 대해 잘 알고 있어. 그들에게 필요한 것은 시행착오를 하며 넘어졌을 때 충분히 쉬는 것이야. 우리가 해야 할 일은 그저 그들

이 다시 날기 위해 치유를 북돋아 주는 일뿐이란다. 누구보다 날고 싶은 그들을 믿으니까.

쿨라는 은은한 미소를 짓는 할아버지의 얼굴의 깊게 팬 주름들을 바라본다.

- 할아버지: 불안과 부정적인 생각은 너 자신이 아니야. 그렇다면 그것들이 아닌 너 자신이 누구인지 찾는 여정을 시작해야지.
- 쿨라: 그걸 어떻게 할지 모르겠어요.
- 할아버지: 행복을 찾으려 하는 집요하고 순수한 네가 언제나 너를 생명의 물가에 데려다줄 거야. 이미 너는 답을 알고 있어. 그리고 불안은 사라지기 마련이다. 불안이 사라진 그 자리에는 네가 살고 싶은 삶에 대한 바람이 남지.
- 쿨라: 아무런 희망이 없을 땐 어떻게 해요?
- 할아버지: 네가 진정으로 하고 싶은 걸 하렴. 너만이 아는 그 세계에 다른 사람들을 초대해서 인정받을 필요는 없단다.
- 쿨라: 제 꿈은 어떻게 찾죠?
- 할아버지: 아픔 중에서도 계속 하는 것이 너의 진정한

꿈이지.

  할아버지는 잠시 물을 한 잔 들이켜더니 안경을 고쳐 쓴다. 다시 이야기할 힘을 기꺼이 모으듯이.

  − 할아버지: 치유는 방황을 감싸 안는단다. 방황도 그의 일부지. 사람들은 방황 끝에 평화를 찾아. 끝내 치유는 온다는 말이다. 방황을 오래 하는 것과 관계없이 말이야. 희망을 버리지 않고 노력한다면 더 빨리 찾아오겠지. 치유는 우리를 절대 포기하지 않아.

  쿨라는 조용히 숨을 내뱉으며 창문을 바라본다. 유리창에 비친 할아버지와 자신의 모습이 보인다.

  − 쿨라: 할아버지, 틈니가 있었는데도 아무 말씀 없으셨던 거예요?
  − 할아버지: 처음 너를 만났을 땐 없었지. 네가 얘기를 시작했던 날, 틈니를 찾았지만 그 순간에 나는 틈니가 필요 없더구나. 고통을 위로하는 건 낱낱이 그것을 들어주는 것밖에 없거든. 내가 할 말이 없기도 했고. 지금은 방황에 대해

할 말이 많아서 참을 수 없더구나. 나도 너와 같이 인생이라는 항해를 하며 방황하는 사람이라서 말이야.

쿨라는 할아버지의 웃음에 감도는 풍부함에 또다시 마음이 편안해진다. 그리고는 할아버지의 웃음에 담긴 의미를 읽는다. 동지애였다. 삶이라는 같은 길을 걷고 있는 할아버지가 조금 더 먼저 가 있을 뿐임을 느끼게 하는.

쿨라는 한결같이 자신을 지켜봐 온 할아버지의 지긋한 눈을 바라본다. 추운 겨울날 따뜻한 물에 손을 적셨을 때처럼 온몸으로 퍼지는 따뜻함을 느낀다. 쿨라와 할아버지는 포크와 나이프를 들고 스테이크를 썬다.

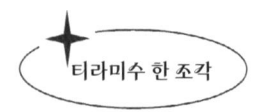

TO. 팀

방황하는 건 잘못된 것이 아니야.
방황은 인간의 본질이고
우린 모두 방황 중이니까.
우린 힘쓰고 있는 거지, 불행한 게 아니야.
다만, 우리만이 알고 있는 상처와 혼란에
따뜻한 위로를 건네는 순간들이 필요해.

너의 방황에 대해 듣고 싶어.
너의 방황은 이야기가 되어
다른 이들의 방황에 의미를 더하고
그들이 더 지혜롭게 방황할 수 있도록 도와줄 거야.

FROM. 쿨라

chapter 11

답들 가운데 머무르다

할아버지와 쿨라는 식사를 마치고 카페를 향해 걷는다.

- 할아버지: 부모님이나 친구는 왜 같이 안 왔니?
- 쿨라: 혼자 오는 게 좋아서요.
- 할아버지: 고독을 즐기는구나.
- 쿨라: 그런 편이죠. 부모님과는 사실 멀어진 사이였죠.
- 할아버지: 그렇구나.
- 쿨라: 저는 자상한 부모를 바라지 않아요. 딱딱하고 얇고 축축하고 날카로워도 상관없어요. 책이 날 있는 그대로 받아주는 진정한 부모였으니까요. 한참이나 끝까지 읽어야 기어코 날 만나주긴 하지만요.

― 할아버지: 무슨 말인지 알겠다. 책이 진심으로 위로를 전해 줬다는 걸. 그런데 부모님이 들으면 서운해하시겠구나.

― 쿨라: 부모님은 저를 학교로 보냈지만, 책은 나풀거리는 종이로 저를 덮어 숨겨줬거든요.

― 할아버지: 부모님보다 책이 널 더 보호해주었다고 생각하는구나.

― 쿨라: 책은 저를 완벽하게 기다려주는 존재예요. 그게 사실 부모의 자질로는 엄청난 거죠.

― 할아버지: 그리고?

― 쿨라: 어떠한 수치심과 온갖 치부들을 내보여도 끄떡하지 않고 자리를 지키는 게 진정한 친구잖아요. 그게 결국은 책이라는 생각이 들어요.

― 할아버지: 어떤 책들을 읽었는지 궁금하구나.

― 쿨라: 자신만의 세계를 구축한 사람들이 나오면 좋아해요. 세상과 부딪히면서 자신만의 세계를 지켜내는 인물이 나오는 책이 좋아요.

― 할아버지: 그렇구나. 많은 책이 있겠구나.

― 쿨라: '안네의 일기' 같은 책이요. 안네다움이 인상 깊었어요. 자신으로 존재할 줄 아는 영혼만큼 충만한 것도 없죠. 그리고 그걸 가능하게 하는 게 책이지 않을까요?

— 할아버지: 그렇다고 할 수 있겠지. 그러려면 단순히 읽기만 해선 안 될 거야. 자신의 모습을 찾을 때까지 얼마든지 책 속에서 기다려야지.

쿨라는 바닷바람에 눈이 시려 눈을 깜빡이며 바다를 응시한다.

— 쿨라: 저는 그동안 제 머릿속에 오랫동안 머무르며 답을 찾았던 것 같아요.
— 할아버지: 오랫동안 그렇게 해왔구나.
— 쿨라: 지루할 틈은 없었어요. 부지런히 책을 찾느라 도서관과 서점에 가야 하거든요. 제게 도서관이나 서점은 책을 찾으러 가는 것 이상으로 특별한 곳이에요.
— 할아버지: 도서관과 서점엔 주로 어떨 때 가니?
— 쿨라: 수없이 제기되는 문제의식 속에 지쳐가면서도 가능성에 대한 욕구를 버릴 수 없을 때 서점에 가요. 한구석에 놓여 있던 책 한 권을 펼치는데, 눈길을 사로잡는 구절이 있을 때가 있어요. 지금 내 상황에 이보다 더 맞을 순 없어서 못 박힌 듯 서 있게 만드는 구절들이죠. 얘는 여기서 조용히 나를 기다리고 있던 걸까, 내가 찾은 구원일까 하는 생

각이 들어요.

　- 할아버지: 흔치 않은 순간이로구나.

　- 쿨라: 그 말이 맞아요, 할아버지. 그럴 때는 그 말만 붙잡고 늘어지면 살 수 있을 것 같아요. 결국, 서점에 다녀오는 여정은 늘 문제에 종지부를 찍고 숨 쉴 구멍을 마련해줘요.

　- 할아버지: 너의 삶이 이미 책과 깊게 맞물려있구나.

할아버지는 아까부터 읽던 책을 담요로 부드럽게 품어 안았다.

　- 할아버지: 그런데 외롭지는 않았니?

　- 쿨라: 사실 아무도 여정을 응원해주지 않았지만, 오롯이 혼자가 아니었다면 그 여정은 없었겠죠.

　- 할아버지: 지금은 어때?

　- 쿨라: 책은 제 외로움이 거짓말이라고 알려줘요. 제가 소유하고 있는 느낌을 끄집어내 그것이 인류에게 속해있다는 걸 알게 해주니까요. 전 인류의 영혼과 친구가 되는 것으로도 충분해요.

　- 할아버지: 흠. 정말 그렇구나. 맞는 말이야.

　- 쿨라: 책은 당장 소화제를 주지 못하지만, 문자 하나하나

를 차근히 따라가며 그 시간을 견딜 수 있게 해요.

— 할아버지: 운이 좋으면 속이 뻥 뚫리는 구절을 만날 수도 있겠지.

— 쿨라: 어디선가 읽은 출처를 모르는 구절들로 제 영혼은 뒤섞여 기록되고 완성될 거예요. 수많은 포스트잇이 덕지덕지 붙여져 있을 것이 분명해요. 아주 정신없고 복잡하겠죠.

— 할아버지: 그래서 그 속에서 결국 널 찾은 것 같니?

— 쿨라: 아직요. 답을 찾아야 할 거 같아요. 더 많은 책을 읽고 싶어요.

— 할아버지: 나 또한 그렇단다. 그런데 답은 네가 아니지 않니?

— 쿨라: 제가 답이 아니라고요?

— 할아버지: 그래, 너는 그냥 너라는 존재야.

— 쿨라: ….

— 할아버지: 신은 부서지기 쉬운 영혼을 보호하는 수단을 반드시 마련해두신단다. 책은 훌륭한 피난처지. 책을 읽는 건 아주 숭고한 일이야. 너는 그걸 일찍 깨달은 것 같구나. 그러나 책들도 결국 사람들의 세계라는 걸 알고 있을 거야.

쿨라는 자신의 머리를 울리는 침묵 속으로 빠져든다.

- 할아버지: 쿨라, 네가 내게 말해준 덕분에 알 수 있었어. 책에 의해 네가 깊게 보호되고 귀하게 클 수 있었던 것에 크게 감동했단다. 쿨라, 네가 앞으로도 책 속에서 살아갈 것임에 안도감이 들기도 했지. 넌 이미 충분히 책의 세계를 맛봤으니, 내 애정을 담아 얘기하고 싶구나. 책의 세계만큼 중요하게 알아둘 것이 있단다.

할아버지는 잠시 걸음을 멈추고 벤치에 앉았다. 쿨라도 따라 앉는다.

- 할아버지: 널 사랑하는 사람들을 소중히 여기거라. 널 아끼는 사람이 널 살리기 위해서라면 책 한 권을 쓰는 것보다 더 값진 일을 할 거다.

할아버지는 안경 너머 신중한 눈빛으로 집게손가락으로 쿨라의 이마 한가운데를 짚었다. 쿨라는 눈을 질끈 감았다 떴다.

- 쿨라: 그럴게요.

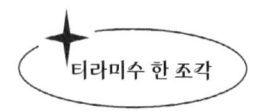
티라미수 한 조각

TO. 팀

책 때문에 어둠의 시간들이 치유의 시간으로 변했어.
답들의 세계에서 나는 평안을 얻었어.

그런데, 내가 놓치는 게 있었어.
책이 줄 수 없는 것도 있다는 것을.
날 아끼는 사람이 날 살리기 위해서라면
책 한 권을 쓰는 것보다 더 값진 일을 할 거라는 사실을.

너는 이 사실을 잊지 않길 바라.

너에게도 치유를 가져다준 책들이 있겠지?
이보다 널 위로할 순 없는
구절들이 적혀있는 책들 말이야.
그 구절들을 사랑하는 사람과 나눠보는 건 어때?

FROM. 쿨라

chapter 12
감각의 분출구

저녁이 되어 쿨라와 할아버지는 파티가 열리는 수영장 근처 선베드에 앉았다. 어두운 밤에도 빛나는 은은한 조명이 수영장 속을 비추고 있다. 테이블에는 칵테일들이 어지럽게 놓여 있고, 수영복을 입은 각국의 사람들이 떠들썩하게 놀고 있다. 수영장에는 홍학과 침대 모양의 튜브에 탄 사람들이 가득하다. 노래가 크게 들렸고 사람들은 첨벙대며 물에서 놀고 있다.

- 할아버지: 나는 네가 배에서의 여정을 즐겼으면 좋겠구나. 그동안 많은 생각을 했겠어. 이 배에 탔는데 여정 내내 그래서야 쓰겠니. 곧 재즈바에서 공연이 있는데 한번 가보자꾸나.

쿨라가 잠시 꿈쩍하더니 손으로 스피커를 가리킨다.

- 쿨라: 할아버지! 제가 좋아하는 가수의 노래예요!
- 할아버지: 지금, 이 노래구나.

쿨라의 표정이 환해지는 걸 할아버지는 유심히 지켜본다.

- 할아버지: 흠, 귀에 잡아두고 느껴보렴. 너는 이걸 어떻게 표현하고 싶니?
- 쿨라: 글쎄요. 이 가수의 노래를 듣고 글로 써본 적이 있긴 해요.
- 할아버지: 글을 썼구나.
- 쿨라: 써놓은 글이 어디 있을 텐데…. 모르겠네요. 다시 쓰는 수밖에.

쿨라는 흘러내리는 머리를 서둘러 귀에 꽂고 노트에 쓰기 시작한다.

그의 목소리는 풍부한 힘을 지니고 있고 진정을 준다. 우유처럼 깊은 목소리와 자연스레 흐르는 감정으로 노래는 적셔진다. 기본 베이스는 맑은 목소리이지만 많이 부른 탓에 조금 닳아진 목소리는 오히려 듣기에 편안하다. 머리에 안정을 주는 호르몬들의 분비가 가득하다.

이 사람의 목소리를 들어보면, 메마른 세상을 섬세한 감정으로 채우려는 선한 의도가 느껴진다. 오랜 시간 동안 간직해온 재능과 온 진심으로 빚어진 노래다. 그의 음악은 하늘색과 갈색, 구름처럼 불어나는 크림 같은 흰색의 조화로 이루어져 있다.

옆에서 가만히 쿨라의 글을 지켜보던 할아버지는 말없이 객실로 사라진다. 쿨라는 한참이나 할아버지를 찾아 고개를 기웃거리다가 일어나서 옆 테이블에 앉아 있는 한 여성의 발을 넘어 웨이터에게로 향한다. 쿨라는 장난스레 쟁반에서 카나페를 한가득 집어 온다. 테이블에 앉아 오독오독 씹으며 할아버지를 기다린다. 할아버지는 밀려서 미술도구들을 잔뜩 가지고 온다.

- 쿨라: 아니, 언제 이런 건 다 챙기셨어요?
- 할아버지: 바다를 그리는 게 취미야. 그리고 싶은 건 그려야지. 아까 그 노래를 그려볼 수 있겠니?
- 쿨라: 음악을 그림으로 표현해보라는 말씀이세요?
- 할아버지: 색깔을 느낄 수 있다면, 가능하지 않겠니.

쿨라는 할아버지의 빛바랜 물감통에서 하늘색, 갈색, 그리고 흰색 물감을 꺼낸다. 쿨라는 머뭇거리며 종이를 집어 든다. 할아버지가 저녁 바다 빛을 그리는 동안 쿨라는 15분 남짓 머릿속 느낌과 손의 움직임을 일치시켜가며 형태를 완성한다.

― 쿨라: 머릿속에 있는 걸 그대로 재현하진 못했지만, 먼 훗날에 이 그림을 보면 분명히 노래의 멜로디가 떠오를 거예요.
― 할아버지: 공감각을 가지고 있는 것 같구나. 지금 이 바람은 어떻게 느껴지니?
― 쿨라: 지금은 사방에서 상아색의 거대하고 부드러운 천이 제 피부에 미끄러지듯 스쳐 지나가는 기분이에요.

할아버지는 활짝 웃는다.

― 할아버지: 직접 감각을 섞어 보니 기분이 어떠니? 알지 못했던 기분이 들지?
― 쿨라: 아주 좋아요. 더 생생히 느낄 수 있었어요.

쿨라는 선명해진 감각으로 바닷바람을 다시 느껴본다. 그리고 눈을 감고 호흡한다. 공기는 달콤했다. 쿨라는 눈을 번쩍 뜬다.

- 쿨라: 그런데요. 무엇이든 있는 그대로 표현하기란 불가능해요. 그림으로도 사진으로도 글로도 이 바닷바람을 복제해낼 순 없어요. 그래서 아름다운 거예요. 우리가 오롯이 느낄 수 있게만 하는 것들이요.
- 할아버지: 그래, 살아있다는 것이 참 기쁜 이유야.

할아버지는 정신없이 서로를 물에 빠뜨리며 노는 외국인들을 흐뭇하게 바라본다.

- 쿨라: 그러네요. 맞아요. 살아있어야 가능하니까요.

쿨라는 아까부터 마음속 깊은 곳에 자리한 얘기가 수면 위로 올라올 듯 말 듯 파도를 타는 것을 느낀다.

- 쿨라: 할아버지, 제가 감각으로 영혼을 느낀다고 하면 믿으실래요?

쿨라의 진지한 표정에 할아버지의 얼굴에 미소가 떠오른다.

- 할아버지: 그런 건 들어본 적이 없구나. 네 영혼은 어떤 색이니?
- 쿨라: 제 영혼은 노란색이에요. 선명하지만 채도가 약간 바랜 레몬 빛의 노란색이요. 은은하게 빛나고 있죠. 여러 상황에서의 색깔이 함께 섞여도 그 노란색만큼은 굳건히 빛났어요.
- 할아버지: 네 영혼은 노란빛이었구나! 어쩐지 그런 것 같기도 하구나.
- 쿨라: 몇 년 전부터 파스텔 색조의 색깔들로 덮여있던 영혼의 정경들이 하나둘씩 변하기 시작했어요. 이리저리 폭발이 일어났어요. 큰 타격을 입었죠.
- 할아버지: 저런, 무슨 일이 일어난 게냐?
- 쿨라: 아픔이요. 동시에 제 영혼에는 질긴 초록색 끈들이 생기기 시작했어요. 영혼을 가득 메운 탄탄한 초록색 근육은 스파이더맨이 내뿜는 거미줄처럼 엉켜있어요. 절대 끊어질 수 없는 끈이었어요.
- 할아버지: 초록색 끈?

- 쿨라: 제가 지난 시간 동안 이겨온 힘이에요. 명언들, 책 속의 구절들, 쓴 글들이 커져서 새로운 가지로 피어나가며 점점 단단해지고 영역을 늘려나갔죠. 이는 불안을 걷어냈어요. 저는 늘 이 근육을 단련해갔어요.
- 할아버지: 언어의 근육으로 불안을 걷어낸다고?

할아버지는 머리를 긁는다.

- 쿨라: 맞아요. 제 무기죠. 아름다운 말들을 모은 결과예요.
- 할아버지: 초록색이라고 한 이유는 있니?
- 쿨라: 제게 언어는 초록색이거든요.
- 할아버지: 그럼 불안은 무슨 색이니? 불안에 대해서도 들어보고 싶구나.
- 쿨라: 제가 가진 불안은 빨간색 실핏줄처럼 생겼어요. 불안은 사라지지만 제 영혼에 상처를 입히고 멀어져가요. 할아버지 말대로 늘 불안은 사라지기 마련이죠. 문제는 우리가 상처를 입는다는 것이고 그에 대해 회복할 시간이 필요하다는 거죠.
- 할아버지: 그렇고말고.
- 쿨라: 치유를 향한 꾸준한 제 의도가 결국 불안을 조금씩

녹여낼 때마다 저는 흐물흐물해진 분홍색 젤리로 녹아버린 불안을 보며 크게 웃어댔어요.

- 할아버지: 불안을 녹인다는 표현이 정말 맞는구나.
- 쿨라: 녹아버린 불안의 색깔은 묘한 것이 시선을 빠져들게 만들지만, 아주 끈적거리는 기분 나쁜 물체에요. 저는 코를 막고 쓰레기를 다루듯 집게손가락으로 집어 쓰레기통으로 굴려 보냈고요. 불안은 만들어지고 사라지고를 반복하는 고약한 존재예요. 그래서 정기적인 관리가 필요하죠.
- 할아버지: 그렇구나.

쿨라는 할아버지가 자신의 불안에 대한 은밀한 묘사를 이해한다는 사실에 든든해졌다.

- 할아버지: 그렇지. 불안을 완벽히 없앨 순 없어. 그저 너처럼 불안을 지켜보고 여러 통찰로 녹여버리는 것이 가장 온전한 방법이지. 불안 말고 다른 건 없니?
- 쿨라: 있어요. 고개를 들어보면 보라색 풍선이 있어요. 모든 것을 뒤집을 수 있는 엄청난 힘의 낭만이요. 너무 두려워서 꺼내기에도 겁이 나는 그런 감정. 아직 사랑이라는 이름을 못 붙인 이유는 제가 사랑을 몰라서예요. 묵직한 보라

색 연기가 발밑에 깔려있는데 저는 감히 건드릴 수조차 없는 강렬한 곳이에요.

- 할아버지: 보라색 연기가 자욱한 게 나도 보이는 것만 같구나. 사랑을 해봐야 하겠구나. 보라색 공기가 숨어서 맥도 못 추고 있잖니.
- 쿨라: 그 전에 제 불안이 해결되길 바라요.
- 할아버지: 네 불안을 이해해줄 사람이 있을 거다. 그리고 너 또한 그 사람을 이해해야 할 부분이 있겠지. 완벽한 때란 없단다.

쿨라는 애써 외면하듯 말을 이어간다.

- 쿨라: 제 어마어마한 생명력도 영혼 전체를 반드시 아늑한 노란색으로 비추고 있을 거예요. 절대 삶을 포기할 수 없는 그 힘이요.

할아버지는 껄껄 웃는다.

- 할아버지: 감각은 치유를 위한 또 다른 입구가 되어 준단다. 또 다른 세계를 선물해줄 거야. 고통을 잊을 수 있는

곳이지.

 - 쿨라: 감각을 느끼는 게 생각보다 행복하다는 걸 알았어요.
 - 할아버지: 너의 감각을 소중히 여기거라.

할아버지는 안경을 내려쓰고 잠시 팸플릿에 있는 공연일정표를 본다.

 - 쿨라: 재즈 공연까지 얼마나 남았죠?

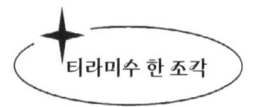

TO. 팀

감각을 느끼는 건 치유를 위한 또 다른 입구야.
고통을 잊을 수 있는 곳이자, 즐거움을 선사해주는 곳이지.

감각을 넘나드는 건 아주 근사한 경험이야.
나는 내 안에서 일어나는 치유의 정경들을
여러 색깔로 상상해봤어.

노래를 듣고 그림을 그려보거나,
지금 네 감정을 색깔이나 향으로 느껴본 적이 있니?

너만의 치유는 어떻게 느껴지는지 다양한 감각을 동원해 표현해봐.
네 영혼은 무슨 색을 띠고 있을지 궁금하네.

FROM. 쿨라

chapter 13
영화

- 쿨라: 할아버지 좀 늦었지만, 영화관 가실래요? 마침 상영하는 게 있네요.
- 할아버지: 재즈 공연으로는 부족했던 게냐. 뭐 까짓것 가보자꾸나.

*

- 쿨라: 그렇게 재미있지는 않았어요. 그런데 대사 몇 마디가 나름 멋졌어요. 할아버지처럼요.

쿨라는 오래전부터 물어보고 싶었던 질문을 떠올린다.

- 쿨라: 할아버지, 할아버지는 어쩜 그렇게 대답을 잘해주시는 거예요? 마치 영화에 나오는 버릴 것 없는 대사처럼요.

할아버지는 그저 미소를 짓는다. 그리고 갑판 쪽으로 향하며 영화 OST를 흥얼거린다. 쿨라는 조용히 할아버지가 서툴게 따라가는 멜로디를 듣는다. 그리고는 마음속에 떠오르는 말을 내뱉는다.

- 쿨라: 영화에 홀딱 정신을 빼앗기면서 느낀 건, 간절한 희망은 늘 배신하지 않는다는 거예요.
- 할아버지: 희망이 영화의 가장 강력한 집념일 거다.

할아버지는 쿨라가 수영장 모퉁이를 지나갈 수 있도록 손을 잡아준다.

- 할아버지: 주로 어떤 영화를 좋아하니?
- 쿨라: 불가능한 일들이 가능하게 되어서 하나의 세계가 창조되는 영화들이요. 그런데 그게 끝이 아니라 그 속에서 인간의 모습이 철저히 현실적으로 묘사되는 게 좋아요. 마지막에는 의미가 담겨 있으면 좋겠어요.

- 할아버지: 영화들을 많이 봤구나?
- 쿨라: 영화를 좋아할 뿐이에요.
- 할아버지: 기억에 남는 영화가 있니?
- 쿨라: 흠, 너무 많아서.

쿨라는 손에 들고 있던 노트 앞 판판한 표지에 붙은 영화 포스터를 발견한다.

- 쿨라: 아, 이거 좋아했죠. 남자아이의 눈빛과 몸짓이 기억나요. 불안에 갇혀 괴로워하는 10대의 아이를 꺼내주는 이야기예요. 이토록 10대의 불안을 섬세하게 다룬 영화는 처음이었던 것 같아요. 아이의 감정을 담은 노래가 영화에 빠져들게 했죠. 서툴고 폭발적인 감정을 음악으로 담아내는 건 그때까지 들어본 적이 없었어요.
- 할아버지: 더 듣고 싶구나.
- 쿨라: 아이의 복잡한 치유의 과정이 플롯 안에 녹아있었어요. 결국, 그 아이는 마침내 세상으로 나가요. 관객은 오롯이 그 놀라운 장면을 보고 감탄할 수 있는 특권이 있죠. 물론 따지고 보면 그 순간 아이의 마음은 혼란과 회복의 지루함으로 가득했겠지만요.

- 할아버지: 네가 왜 그렇게 깊이 그 영화에 진동했을까?
- 쿨라: 우리 주위에는 아이들의 정신적인 상처를 다룰 수 있는 곳이 많이 없거든요. 그 영화는 상처를 다룰 수 있는 공간을 만들어줬어요. 심지어 그 과정을 아주 아름답고 따뜻하게 느껴지게 해줬고요.
- 할아버지: 아주 잘 만든 영화같이 들리는구나. 네 말대로 영화가 아니었다면 이토록 깊은 몰입은 할 수 없었겠지. 마치 영화가 아픔을 다 알고 있다는 듯이 우리를 안아서 안전한 육지로 데려다준 것 같고.
- 쿨라: 맞아요. 치유의 영화였어요. 누구나 하나쯤은 가진.
- 할아버지: 치유는 수많은 영화가 뿜어내는 세계에서 분명히 드러나지.
- 쿨라: 동의해요.
- 할아버지: 우리는 감독이 의도한 세계를 하나하나 따라가며 나름대로 이해를 쌓아가잖니. 영화를 보면서 우리는 자신만의 결론으로 치닫고 감정을 소유하게 된단다.
- 쿨라: 현실을 잊어버릴만큼 몰입하는데 그럴 틈이 있어요?
- 할아버지: 결국 2시간 남짓의 여정은 별수 없이 지금의 우리를 보게 하니까.
- 쿨라: 결국은 그렇죠.

― 할아버지: 영화의 전체 맥락을 통찰하게 되면 안심과 명료함을 얻을 수 있어. 영화를 이해하며 얻은 깨달음으로 우리 인생의 부분을 살 힘을 얻게 돼. 훨씬 수월하게 현재를 견뎌낼 힘을 주지.
― 쿨라: 아하, 그러니까 영화를 이해한 것이 현실과 연결이 되고, 전체를 이해한 것이 부분을 살 힘을 준다는 거군요. 책이랑 비슷하네요. 언어로 머릿속 세계를 전개해나가는 건 책이고, 장면들로부터 다시 내적 세계로 돌아가는 건 영화고요.
― 할아버지: 그러고 보니 그렇구나.

쿨라와 할아버지는 어느새 갑판에 다다랐다.

― 쿨라: 오늘 본 영화 말이에요. 마지막에 비하인드 영상 보셨죠?
― 할아버지: 영화는 다수의 땀과 견해가 겹쳐지는 곳이야. 그 속에서 하나의 열정으로 도달한 합의점이란다. 수없이 고치고 늘어졌다 조여진 흔적의 결과답게 가장 최상의 모습을 드러내잖니. 비하인드 영상은 오늘 그 영화의 인간미를 잘 담아냈더구나.
― 쿨라: 영화의 인간미라면 배우죠. 저는 배우들을 아주

좋아해요.

― 할아버지: 배우들을 통해 영화의 의미에 접촉하는 것은 참 다채로운 경험이지.

― 쿨라: 배우들은 캐릭터를 담기 위해 자신의 자아를 비우잖아요. 그리고 인간을 표현해내죠. 작품마다 인간의 감정에 대해 논문을 써서 체화시키는 거나 다를 바 없어요. 배우는 인간을 이해하는 아주 지적인 직업 같아요. 사람을 연구하는 것만큼 지적인 건 없다고 생각하니까요.

― 할아버지: 배우들이 표현하는 캐릭터가 인간보다 더 진실할 때가 있지.

쿨라는 할아버지와 걸으며 골똘히 생각에 잠긴다.

― 쿨라: 그런데 결국 영화에서 제 삶으로 돌아올 때가 오잖아요. 영화가 끝난 후, 우리는 우리의 삶이라는 영화를 감독하니까요. 제 이야기로 진화하는 순간에 치유가 이뤄지죠.

― 할아버지: 동의한단다. 요즘엔 고생한 우리에게 한 편의 영화를 선물해주는 것이 일상이 돼버렸지. 그중에서도 소중한 치유의 영화를 만나게 되길 바란다. 짧은 인생, 이왕이면 삶을 감독하는 데 필요할 단서가 될 그런 영화 말이야.

*

 쿨라는 고개를 젖혀 어두운 밤 별을 보며 천천히 갑판으로 나아갔다.

 – 할아버지: 망원경을 가지고 올 테니 잠깐 기다리렴.
 – 쿨라: 망원경까지 있으세요?

 쿨라는 멀어지는 할아버지를 바라보다 조용히 갑판에 눕는다. 칠흑 같은 하늘에는 별들이 빼곡했다. 쿨라는 바람도 아닌 이 서늘한 공기가 우주처럼 정지된 것만 같다. 쿨라는 이 순간이 끝나지 않길 바란다. 쿨라는 스르륵 눈을 감아본다.
 멀리서 할아버지가 짐을 들고 오는 소리가 들린다. 할아버지는 장비들을 가지고 설치하기 시작했다.

 – 할아버지: 별이 참 많지?
 – 쿨라: 사람들은 영화처럼 긴 서사가 필요한 걸까요. 단 몇 가지의 진실에 도달하기 위해서 말이에요. 영화에서는 바로 그걸 위해 모든 일을 동원하잖아요. 진실은 알고 보면 간단한데, 진실을 발견하기 위해서는 직접 겪어가는 서사가 필요한가 봐요.

- 할아버지: 맞단다. 우리에겐 서사가 필요해. 그리고 우리 곁에 있는 영화와 책들의 수많은 서사가 결국 치유의 수단이 되지.
 - 쿨라: 저는 영화의 대사나 장면처럼 많은 사람이 깊게 진동하는 그 지점을 발견하는 게 좋아요.

 할아버지가 망원경을 유심히 들여다보는 것을 한참이나 구경하다 쿨라는 깊게 하품을 한다.

 - 할아버지: 시간이 늦었구나. 어서 가서 푹 자렴. 나는 별을 더 보다 들어가야겠구나.

 할아버지는 쿨라가 있는 방향으로 망원경을 돌린다.

 - 쿨라: 확대해보면 제 세포의 몸짓이 보일 지도요.

 할아버지는 껄껄 웃었다.

 - 할아버지: 그렇구나. 아주 열심히 진실을 찾고 있어.

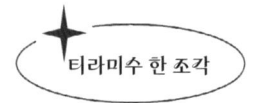
티라미수 한 조각

TO. 팀

영화는 충만한 치유의 수단인 것 같아.
영화를 이해하며 얻은 깨달음으로 인생의 한 부분을 견딜 힘을 얻게 되니까.
너를 치유해준 영화가 있니?
그 영화의 긴 서사 속에서 어떤 지점이 너를 움직였는지 궁금해.
기억에 남는 대사나 장면이 있다면 말해줄래?

추신, 영화에서 삶으로 돌아왔을 때
너의 이야기로 진화하는 순간 치유가 일어나.
결국 네 인생의 감독은 너라는 걸 기억해.

FROM. 쿨라

chapter 14
아픔이 준 꿈

쿨라는 기지개를 켜다가 객실 복도에 머무르며 한참을 해를 바라보았다. 그리곤 햇빛 아래 통로를 서성이며 양치질을 한다. 푸른 회색빛 바다. 마치 바닷물로 양치를 하는 것만 같다. 열심히 항해하고 있는 배에서의 부산한 아침 정경은 여행을 새로 시작하는 것만 같은 신선함을 선물한다.

- 할아버지: 잘 잤니?
- 쿨라: 네, 식사가 훌륭해서 살이 찐 것 같아요.
- 할아버지: 나도 그렇구나.
- 쿨라: 할아버지 손에 들고 계신 거 어제 그리신 그림이죠. 저 구경할래요!

쿨라는 그림을 눈에 대고 한참이나 바라본다. 할아버지의 얼굴에 진한 웃음이 퍼진다.

― 할아버지: 여태까지 너는 느낀 것을 보통 글로 표현하던데 글을 쓰는 것이 널 가장 잘 표현하니?

― 쿨라: 네, 글이 저를 제일 잘 표현해줘요.

― 할아버지: 글의 역할이 컸나 보구나.

― 쿨라: 제 시간을 완성하는 건 결국 글이었던 것 같아요. 그런데 왜요?

― 할아버지: 혹시 힘들 때도 글을 계속 썼니?

― 쿨라: 네, 끄적거리긴 했어요. 낫고 싶어서 하나같이 치유에 대한 글만 썼으니까요.

― 할아버지: 치유에 관한 관심이 정말 오랫동안 진심이었구나.

― 쿨라: 때론 아픔 뒤에 진심을 토로하는 게 아름답게 느껴질 때도 있었어요. 제가 쓴 글 때문이라기보다는…. 모르겠어요.

― 할아버지: 꽤 꾸준히 쓰는 것 같던데. 작가가 되는 것은 생각해봤니?

― 쿨라: 아마 제가 해야 할 일을 찾은 후에 할 거예요. 작가를 꿈꾼 적이 있지만, 말 그대로 작가는 꿈일 뿐이에요.

- 할아버지: 글쓰기라는 네 꿈처럼 현실적인 것은 없는 것 같구나. 네 마음을 따르는 것만큼 현실적인 건 없어.
- 쿨라: ….
- 할아버지: 네가 글을 써야 하는 이유는 이미 충분한 것 같구나. 너는 글쓰기를 놓지 않았어. 그건 힘든 일이야.

쿨라는 할아버지에게서 보지 못했던 근엄한 얼굴에 멈칫한다. 쿨라는 찬찬히 생각해보았다. 할아버지의 말에는 굵은 심지가 있다는 것을 확인했다. 쿨라는 할아버지에게 눈짓으로 인사를 하고는 곧장 방으로 향했다. 쿨라는 노트북을 열었다. 노트북에는 수많은 글이 저장되어 있었다. 쿨라는 밤새 글을 읽었다. 쿨라는 자신이 자유로이 글을 써왔다는 걸 깨달았다. 집요하게 치유를 좇으며 쓴 글들을 보는 건 힘들었다. 자신이 가지고 있는 어둠이 얼마나 컸는지 기억났기 때문이었다. 선명하게 시야에 나타나는 글의 의미들이 쿨라의 머리를 세게 내리쳤다. 글들은 한결같이 치유를 상상하고 구하고 있었다.

쿨라는 늘 치유에 관한 책을 읽었다. 지독한 불안이 한 차례 지나가고 나면 책을 기반으로 한 따뜻한 통찰이 올라왔고 그것을 적었던 기억이 났다. 불안이 가라앉은 후 가벼운 마음으로 썼던 치유의 말들이었다. 안심하며 글을 썼던 그 자유의 순간이 다시금 떠올랐다. 쿨라는 자신이 치유에 의지하며 스스로 느끼고 창조한 것을 바탕으로 힘겨운 시간을 버텨왔음을 알아차렸다. 고통과 불안을 녹여내는 시간이 그렇게 지나갔다는 것이 분명했다. 쿨라는 자신의 20대는 치유라는 렌즈를 통해 내면을 바라봤던 소중한 시간이었다는 것을 알게 되었다.

쿨라의 가장 큰 불안은 평생 하고 싶은 일을 찾지 못할 것 같은 두려움에서 비롯되었다. 그러나 꿈은 바로 여기에 있었다. 불안을 겪으며 쌓아온 것들을 돌아보며 언제나 자신이 글을 쓰고 있었음이 드러났고, 지금 돌아보니 그것만큼 진실한 꿈은 없었다. 그것은 쿨라에게 아주 자연스럽게 스며들었다.

쿨라는 자신이 왜 진작에 깨닫지 못했는지 궁금했다. 아마도 짧은 글들로만 남기고 있었기 때문일지도 몰랐다. 이 자잘한 글의 파편에서 추출해서 엮어낼 커다란 의미가 그 당시에는 보이지 않았다. 조각들이 제자리를 찾아갈 때까지 쿨라는 작업할 힘이 있다는 걸 알았다. 쿨라는 앞으로도 얼마든지 치유를 좇으며 글을 써나갈 수 있음을 깨달았다. 쿨라는 커서가 깜빡이는 것을 한참이나 바라보다가 정신을 차리고 옷을 갈아입었다. 몽롱한 정신으로 계단을 올라가다 발을 헛디뎌 미끄러졌다. 다시 중심을 잡으며 이내 미소가 솟았다.

할아버지는 입에 접시를 갖다 대고 포크로 파스타를 말고 있었다.

― 할아버지: 잠을 못 잔 게냐. 피곤해 보이는구나.
― 쿨라: 제가 바보 같았어요. 방황의 아픔 중에 계속한 것이 길을 보여줄 거라고 말씀하셨잖아요. 글쓰기는 제 위로였고 숨 쉬는 통로였어요. 왜 그걸 당장 현실로 이어보지 못했는지. 너무 어리석었어요.
― 할아버지: 브라보!

할아버지는 큰소리로 포크를 하늘로 들며 외쳤다.

― 할아버지: 축하한다. 드디어 운명 안으로 들어왔구나. 하고 싶은 것과 운명이 맞물릴 때 사람은 무섭게 성장한단다.

할아버지는 스파게티를 돌돌 말아 입으로 넣는다. 쿨라는 할아버지가 앉아 있는 곳으로부터 멀리 떨어진 긴 의자에 걸터앉더니 이내 눕는다.

― 쿨라: 할아버지, 제가 좋아하는 작가가 누군지 얘기 안 했죠?

할아버지는 포크로 파스타 소스를 끌어모아 식사를 마무리한다.
쿨라는 마음속에 흘러다니는 말을 막힘없이 내뱉는 자신을 느낀다. 마치 할아버지가 빈 종이 같이 느껴진다.

― 쿨라: 제가 파울로 코엘료를 만나게 되면 이렇게 얘기할 거예요. 안녕하세요. 제가 어릴 적 온 정성을 다해 읽었던 소설의 작가님을 만나 뵙게 되어 너무 영광입니다. 제 머릿속에 생긴 소설의 최초의 공간을 당신의 글로 채울 수 있어 감사했어요. 작가님의 글은 굳은 신념과 지혜들로 채워져 있었고 그것은 영혼의 힘을 보여줬어요.

할아버지는 광대뼈가 볼록해질까지 힘차게 미소를 짓는다.

– 쿨라: 어린 나이의 아이도 느낄 수 있었죠. 글은 아주 간결했고 이는 지혜에 힘을 더했어요. 온몸을 다해 겪은 것으로부터 나오는 깊은 지혜들을 글로 옮긴다면 얼마나 좋을까요? 저는 제가 살아내는 삶에서 그런 글을 써낼 수 있을까요?

쿨라는 헛기침을 하더니 목소리를 가다듬고 남자 흉내를 낸다.

– 쿨라: 글을 쓸 준비가 착실히 되어가고 있는지요. 당신의 삶이 어떻게 펼쳐질지 모르니까 순간순간 글을 쓰세요. 당신만의 결로 글을 써낼 수 있을 때까지 무한히 연습해야만 합니다. 이것은 어디를 가나 들을 수 있는 소리죠. 내가 해주고 싶은 말은 가능하다는 것입니다. 삶을 겪어낸 사람들은 모두 작가입니다. 각자의 삶 안에서 글이 아니라 다른 방식으로도 표현되고 있다는 걸 잊지 마세요. 그러나 글쓰기를 택한 당신이 정말로 운이 좋다고 생각하세요. 긍지를 가지고 삶을 담아요. 스스로 가혹한 대신 응원해주세요. 삶 안에서 일어나는 것들의 소용돌이 속에서 고요해지세요. 길을 안내할 겁니다. 제가 상상한 파울로 코엘료가 하는 말이에요. 파울로 코엘료라니. 근사하잖아요.

― 할아버지: 황홀한 순간을 참 잘도 만들어내는구나. 파울로라고 깜짝 속을 뻔했어.
― 쿨라: 할아버지. 감사해요. 진심으로요.

할아버지는 코를 찡긋한다.
쿨라는 쏜살같이 침대로 돌아와 눕는다. 모든 것의 퍼즐이 맞춰진다. 모든 것이 제자리에 있는 것처럼 선명하고 평화롭다. 그제야 쿨라는 부모님과 친구들이 보고 싶다. 셀 수 없는 글들을 품으며 쿨라의 곁을 지켜준 노트북을 쳐다본다.

'너도 고생했다.'

쿨라는 노트를 펼치고 적는다.

이제 글들이 책이라는 이름으로 진화할 때가 온 것 같다. 새로운 여정을 향해 수없이 구겨져 버려질 종이로 태어날 글들아, 오너라.

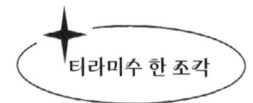
티라미수 한 조각

TO. **팀**

팀, 나는 지금 너무 설레.
작가가 내 직업이 될 거라고는 생각도 못 했어.
아픔 중에서 계속할 수밖에 없었던 것이 내 꿈이 된 거겠지.

너는 아픔 중에서 계속한 것이 있어?
너만의 세계에서 쌓아온 것들이 분명히 있을 거야.
그것은 네 꿈이 될 수 있을지도 몰라.

_____
_____
_____
_____

FROM. **쿨라**

chapter 15

운명 안에서 겪는 평화

쿨라의 노트에는 오래전부터 『안네의 일기』의 한 구절이 적혀있었다.

it's a wonder I haven't abandon all my ideals.
(내가 모든 이상을 포기하지 않은 것이 신기하다.)

쿨라는 다시 그 구절을 찾아냈다. 그리고 모퉁이에 적었다.

이상은 포기하고 말고의 문제가 아니다. 이상은 사람들의 주변을 떠나지 않는 것이다. 이상의 힘을 우리는 운명이라는 이름으로 억누른다. 하지만 결국 운명은 우리를 꿈으로 이끄는 존재라는 걸 왜 모를까.

 쿨라는 싱긋 웃으며 노곤함이 가득한 눈으로 방을 둘러본다. 가벼운 몸으로 일어나 아침을 먹으러 간다. 오늘도 시원하게 수영을 하려고 한다. 어제 쿨라는 오랜 시간 동안의 방황에 마침표를 찍었다. 자신이 원하는 일을 찾았고, 새로운 여정이 펼쳐지기 전 마음껏 평화를 누리리라 다짐한다.

 '이제 치유는 끝없는 등대가 되어 줄 거야.'

 조용히 요가 매트를 챙긴다. 나가서 반듯하게 앉아 쿨라는 고요하게 이 평화를 맛보고 싶어진다. 쿨라는 한 발 한 발 디디며 나아가 난간 근처 빈자리에 요가 매트를 깐다. 조용히 흘러나오는 말들에 귀를 기울인다. 아프지만 더 자유로워질 이들의 존재를 일깨우고 싶다고. 답을 찾을 모든 이들을 응원하는 일을 하고 싶다고. 진정한 꿈을 찾느라 뒤처진 것처럼 보이는 아이들이 결코, 뒤처진 게 아니라는 것을 알게 하겠다고.

chapter 16
치유의 종착역

  쿨라는 매트를 말아 어깨에 메고 뷔페로 향했다. 쿨라가 접시에 음식을 담아 자리로 돌아왔을 때 할아버지가 앉아 있었다. 할아버지가 쿨라에게 찾아온 적은 처음이었다. 할아버지는 커다란 담요를 두르고 슬리퍼 차림으로 쿨라 앞에 앉아 식사가 끝날 때까지 책을 읽으며 잠자코 기다렸다.

- 할아버지: 오늘은 가보지 않은 카페로 가보자꾸나.
- 쿨라: 좋아요.

할아버지는 뒷짐을 지고 차분하게 한 발, 한 발 걸었다.

― 할아버지: 너는 누구를 제일 사랑하니?
― 쿨라: 저희 부모님, 친구 등등 많죠.

쿨라는 할아버지가 넌지시 던지는 질문의 답이 정해져 있음을 안다.

― 할아버지: 오늘 하고 싶은 말은 사랑에 관한 것이야. 사랑 중에 제일 질긴 사랑은 자기 자신과의 사랑이지.
― 쿨라: 그럴 줄 알았어요.
― 할아버지: 자기 자신을 사랑하기까지의 여정이 곧 치유의 여정이란다.
― 쿨라: 그런가요?
― 할아버지: 너를 사랑하게 될 때 비로소 치유의 종착역에 도착했다는 걸 알게 될 거야.
― 쿨라: 치유의 종착역이요? 치유에도 끝이 있는 거군요.
― 할아버지: 끝이라기보다는 그저 단계를 얘기한 거야.
― 쿨라: 그렇군요. 치유의 종착역까지 가려면 뭘 해야 해요?
― 할아버지: 사람들은 어린아이 때의 순수한 자기 사랑을 등진단다. 다시 자신을 사랑하기까지는 수많은 시간에 걸친 방황이 뒷받침된단다. 우주는 우리가 끝내 자기 사랑에 도

달하는 것을 늘 가능케 한다는 걸 기억하렴. 우선, 자신에 대한 오해를 풀고 그 끝에는 언제나 순수한 자신이 있다는 사실을 느껴야 해.
 – 쿨라: 오해를 푼 적이 있죠.
 – 할아버지: 너에게도 그런 경험이 있니?

쿨라는 잠시 손을 내려다보다가 고개를 든다.

 – 쿨라: 흠, 고등학교 시절로 거슬러 올라가요. 저는 애들의 수군거림을 들었어요. 쟤는 다리를 쳐다보고 다녀. 변태같아. 저는 그 자리에서 마음이 찢어지는 것 같았어요. 사실 저는 그 무렵, 인체의 선을 그리는 것에 매혹되어 있었거든요. 이 세상에 똑같은 다리 선이 없다는 게 신기했어요.
 – 할아버지: 저런.

할아버지의 슬픈 표정에 쿨라는 마음이 푸근해진다.

 – 쿨라: 저는 선을 그리기 위해 연구했고요. 그리고 집에 가서는 다양한 각도의 피겨스케이팅 자세를 그려냈어요.
 – 할아버지: 순수한 마음에 상처가 날 때 제일 아프더구나.

- 쿨라: 맞아요. 아름다움으로 시작한 일인데 제가 얻은 건 수치심이었어요. 처음 미술관에 갔을 때 상처를 다시 마주하게 됐어요. 거대한 그림들 앞에 선 저는 잘못한 게 없다는 걸 깨달았어요. 마음껏 표현해도 된다고 허락을 받은 것만 같았죠. 어찌나 자유롭던지. 오랜 시간 쌓아왔던 억눌린 마음은 사라졌고요. 중요한 건 제가 표현하고 싶은 것이 있다는 사실이었죠.
- 할아버지: 인상적이야. 표현할 수 있는 너를 사랑하게 된 것 같구나.

쿨라는 할아버지의 한결같은 집중이 담긴 눈을 확인하고는 다시 바닥을 내려다본다.

- 쿨라: 지금은 그래요. 예전에는 표현에 있어 과하다는 얘기를 듣곤 했어요. 그것은 진심으로 저를 부끄럽게 했어요. 부적절하다고 느꼈기 때문에요.
- 할아버지: 그저 표현하고 싶은 것들이 많았던 게 아니었을까?
- 쿨라: 그런 셈이죠. 지나고 보니 저는 그냥 레이더가 예민하고 짧은 시간에 깊은 의미까지 도달하고 기쁨을 두 배로 얻

는 사람이었던 거에요. 이제는 제게 괜찮다고 말할 수 있게 되었어요.

- 할아버지: 그것 참 다행이구나. 사실 자기 사랑은 결국 자기 자신의 아름다움을 아는 것으로 이어진단다. 자신의 아름다움을 아는 것은 근본적인 치유야. 그건 자부심에서 비롯된 것이 아니야. 자신만이 알아볼 수 있는 진실이지.
- 쿨라: 근데 아름다움은 남들이 보고 판단하는 거 아닐까요?
- 할아버지: 그럴 수도 있지만, 이미 자신은 알고 있을 거야. 그리고 자신의 아름다움을 볼 줄 알아야 그제야 남들의 아름다움을 진정으로 발견하는 법이란다. 자신의 아름다움을 느끼는 것은 우리의 영혼이 가장 목말라 하는 것이기도 하지.
- 쿨라: 언젠간 글로 풀어나갈 수 있을까요?
- 할아버지: 섬세하게 표현해보렴.

쿨라는 할아버지의 흡족한 미소를 보고 그렇게 말한 자신이 좋아졌다.

- 할아버지: 자신을 사랑하는 것은 우리를 배신하지 않고 늘 쓰다듬어주는 고향 같은 상태란다. 우리가 돌아갈 고향과

연결되어 있다면 우리는 언제든 가서 안길 수 있단다.

— 쿨라: 그게 늘 가능할까요?

— 할아버지: 고향으로 가는 길을 업데이트하고 꾸미고 가꾸면 되지.

— 쿨라: 자기를 사랑한다는 게 안전한 일이 되었으면 좋겠어요.

— 할아버지: 자기 사랑은 더 뛰어나가라고 하지 않는단다. 자기 사랑은 그저 우리를 품는 데만 온 정성을 다한단다. 더 품고 따뜻한 수건으로 적셔주는 거란다. 스스로 위안을 얻고 충분한 안정을 느낄 수 있도록. 때론 그 따뜻함이 익숙해지고 용기를 얻어 뛰쳐나갈 수도 있겠지만.

쿨라는 할아버지의 흔들림 없는 신중한 눈빛을 바라본다.

— 쿨라: 궁금한 게 있어요. 다른 사람을 사랑하는 것 이전에 더 철저하게 자신을 사랑해야 하는 거예요?

— 할아버지: 어떻게 보면 그렇지. 다른 사람을 자신보다 더 사랑하는 건 매우 헌신적인 사랑이란다. 그러나 자신을 사랑해야 결국 그 모든 것이 온전하단다.

— 쿨라: 자기 사랑 그 후에는 뭐가 있을까요?

― 할아버지: 두려움 없이 너의 삶으로 나아가는 거야.
― 쿨라: 드디어 나아가는군요. 왜 진작에 사랑하지 못했는지, 알 것 같아요. 저에 대해 정말 많은 것을 느껴야 했네요.

할아버지는 엷은 미소를 짓고는 쿨라를 바라본다.

― 쿨라: 누구나 자신에 대한 사랑을 느꼈으면 좋겠어요.
― 할아버지: 나도 그렇구나. 하지만 자기만의 속도와 여정을 존중해줘야지. 그들을 위해 같은 마음으로 행운을 빌어주자꾸나. 결국, 자신보다 자신을 사랑하는 사람은 없단다. 모르는 경우, 반드시 신이 함께하실 거야.
― 쿨라: 신을 믿지 않으면요?

할아버지는 쿨라의 어깨를 조용히 두드린다.

― 할아버지: 모든 삶이 도울 거다. 포기하지 않도록. 그래서 지금 내가 너와 함께 하잖니. 바람이 불어 춥구나. 이 담요를 가져가렴. 난 들어가 쉬어야겠다.

할아버지의 담요에는 온기가 남아있었다.

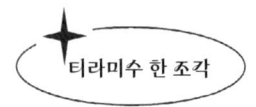

TO. 팀

나는 자기 사랑이라는 치유의 종착역에 다다랐어.
그곳은 우리를 품는 데 온 정성을 다하는 곳이야.
이곳에서 자기 사랑을 충분히 느꼈으니
이젠 두려움 없이 삶으로 나아갈 일만 남았어.
물론 자기 사랑이라는 고향으로 갈 길을 늘 업데이트해야
겠지.
언제든 가서 안길 수 있게.

너의 치유의 종착역에는 뭐가 기다리고 있을까?
이미 도착해있다면 진심으로 축하해.
그곳에서 너를 향한 순수한 사랑과 아름다움을 회복하길 바라.

FROM. 쿨라

chapter 17
치유라는 예술

 스파의 뜨거운 공기를 마시다 쿨라의 눈이 번쩍 뜨인다. 할아버지가 계실만할 곳을 찾아 배 구석구석을 돌아다닌다. 할아버지는 배의 가장 끝에 있는 명상실에 있었다. 스테인드글라스에 반사된 빛이 조명처럼 바닥 곳곳을 비추고 있었다. 고요한 공기가 상쾌하게 느껴지는 곳이었다. 세 번째 열에 있는 긴 의자 구석에 앉아계신 할아버지를 보고 쿨라는 조용히 걸어가 뒤에 앉는다. 할아버지가 조용히 눈을 뜰 때까지 쿨라는 기다린다.

- 쿨라: 할아버지, 담요 가져왔어요.
- 할아버지: 쿨라구나. 고맙다.

쿨라는 기다렸다는 듯이 쏟아내듯 말한다.

- 쿨라: 그동안 쌓아둔 기록은 치유의 과정이 예술이 될 수 있다고 생각하게 되는 계기가 됐어요. 기록 자체는 예술의 가장 근본적인 속성이에요. 치유의 과정이 기록된다면, 그 안에서 수많은 것들이 살아 숨 쉴 수 있더라고요.

할아버지는 쿨라에게 웃으며 조용히 하라는 표시를 한다.

- 할아버지: 나가서 얘기하자꾸나.

복도를 따라 걸으며 쿨라는 신나게 얘기한다.

- 쿨라: 고통이 끝났을 때 우리는 모든 것이 보이는 탁 트인 정경 속에서 만감이 교차하게 돼요. 그때 그것을 기록하는 것이 치유라는 예술의 시작이에요.

할아버지는 담요를 접으며 차분하게 얘기한다.

- 할아버지: 치유가 왜 예술이 될까?

- 쿨라: 사람마다 치유가 일어나는 과정은 모두 다를 거예요. 각자의 마음에 꼭꼭 숨어있어서 그것만 공개돼도 영화제가 여러 작품으로 가득 찰걸요. 사람마다 다양한 상황들, 생각, 깨달음으로 구성된 치유의 여정은 가장 인간적인 이야기가 되겠죠. 그걸 기록하면 얼마나 귀하겠어요.
- 할아버지: 흥미로운 통찰이구나.
- 쿨라: 그런데 아직 이해가 가지 않는 것이 있어요. 치유를 예술이라고 한다면 아픔과 아름다움을 동시에 얘기해야 하는데, 어떻게 가능한 건지 잘 모르겠어요.

할아버지는 쿨라와 카페로 걸어가며 이야기한다.

*

이야기를 하나 들려주마.

옛날에 한 청년이 살았단다. 청년에게는 한 가지 아픔이 있었어. 청년은 계속 슬픔을 느끼며 눈물을 흘리는 병이 있었지. 흐르는 눈물은 멈추지를 않았어. 늘 청년의 주머니에는 흠뻑 젖어있는 손수건이 있었어. 청년의 아버지는 보다못해 청년에게 윽박지르기도 하고 웃겨도 봤지만, 별수가 없었어. 모든 마을 사람들이 청년을 울보라고 알고 있었지. 청년은 자신을 사랑하지 못했고, 매번 우는 것이 너무 괴로웠어. 어느 날 청년은 마을에 있는 작은 성당에 갔어. 자주 가곤 하는 성당에서 그날도 눈물을 닦으며 조용히 기도했지. 늘 청년의 기도는 똑같았어. '절 치유해주소서. 제발 제 병을 고쳐주소서. 저의 연약함을 가져가시고 강인함을 주소서.' 청년은 또 눈물이 나와서 손수건으로 얼굴을 연신 닦았어. 옆에는 여인이 앉아 있었어. 여인은 다른 사람이 보지 못하는 것을 볼 수 있는 능력이 있었어.

"괜찮아요. 마음껏 울어요. 눈물을 흘리는 것은 나쁜 것이 아니에요. 영혼의 아주 자연스러운 방출이니까."

청년은 처음으로 깊은 위로를 받았어. 늘 눈물을 흘리는 건 나쁘다고 생각했으니까.
여인은 말했어.

"실컷 울고 나면 마음이 깨끗해질 거예요."

청년은 거세게 울기 시작했지. 누구도 청년에게 우는 것이 장애가 아니라고 말해주지 않았어. 여인은 토닥거려주며 청년이 해방되는 과정을 지켜보았지. 청년은 시원해졌어. 그리고 늘 적셔져 있던 울음의 붉은 기운을 말려주기라도 하는 듯 얼굴이 따스한 햇볕으로 환해졌어. 여인에게 물어보았지.

"이름이 뭐예요?"
"엘리자예요. 사실 나는 당신을 알아요. 당신 얘기를 듣고 꼭 만나보고 싶었어요."
"저를요? 왜요?"
"당신을 그저 보고 싶더라고요. 당신을 보는 순간 나는 알 수 있었어요. 나는 당신의 아름다움을 봐요. 당신은 아픔과 아름다움을 같이 가진 사람이었어요. 당신을 치유해주고 싶었지요. 당신 주위 사람들은 당신의 아픔이건 아름다움이건 몰살시키려고 했을 거예요. 저는 당신의 아름다움과 아픔을 사랑으로 분리하고 싶었죠. 그렇게 해서 분리되어 떨어져 나온 아름다움이 아픔을 치유할 수 있게요. 당신이 아프지 않고 그저 아름다울 수 있게요."
"그런데요? 그렇게 해주셨나요?"
"나는 당신에게 그 방법을 시도하려고 했어요. 그런데 그게 아니더라고요. 지금 보니 아픔이 아름다움을 비추고 있었어요. 아픔이 있어야 비로소 아름다움도 온전히 존재할 수가 있었어요. 분리할 수가 없었죠. 당신은 당신의 아픔도 아름다움만큼 동시에 사랑해야 해요. 아픔이 있기에 아름다울 수 있는 거니까요. 당신의 기도는 응답받았어요. 당신은 더는 눈물을 흘리지 않는 대신 평생 아픔을 아름다움으로 나타내며 살아가게 될 거예요."

*

- 쿨라: 와, 아픔과 아름다움이 분리될 수 없는 존재였다니.
- 할아버지: 가슴 아프게도 혹은 아름답게도 그렇단다.
- 쿨라: 그렇다면 저는 고통에 빠진 우리가 할 수 있는 제일 아름다운 몸짓을 말할 거예요.
- 할아버지: 근사한 무언가가 되겠구나.
- 쿨라: 치유는 당시에는 몰라도 시간이 지나면 가장 진실한 예술이죠.
- 할아버지: 네가 말한 것처럼. 예술이 치유의 일부란다. 네가 말하는 것은 인생에서 모두가 겪는 치유의 이야기가 갖는 고유성에 대한 것 같구나. 영화 시나리오의 스토리텔링의

포인트가 다양하다는 것이지.

- 쿨라: 맞아요. 많은 사람들이 치유를 필요로 하는 게 느껴져요. 가슴이 뛰어요.
- 할아버지: 계속 고민하거라. 너만의 아름다움을 창조하렴. 너의 치유의 여정의 연장선이 곧 다른 이들의 치유가 될 거다. 우린 모두 연결되어 있어. 끝없이 너의 내면에 연결하며 앞으로 나아가거라. 넌 할 수 있을 거야.

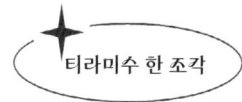
티라미수 한 조각

TO. 팀

아픔은 아름다움을 비추고 있어.
그래서 치유는 예술이 될 수 있어.
사람마다 치유가 일어나는 과정은 제각각이야.
그리고 그 삶의 치유의 여정이 기록된다면 멋질 거야.
시간이 지나면 그건 가장 진실한 예술이 될 테니까.

너만의 결을 지닌 치유도 예술이 될 수 있어.
너의 치유의 이야기는 하나의 영화가 될 수도 있어.
너의 치유의 여정을 떠올려봐.

_____

_____

_____

_____

FROM. 쿨라

chapter 18
치유의 세계, 바다의 골짜기

'할아버지는 배에서 내리면 어디로 가실까.'

쿨라는 이번에도 할아버지를 찾아야만 했다. 배를 정신없이 돌아다니다가 댄스 강습실에서 신나게 춤을 추고 있는 할아버지를 발견한다. 할아버지는 쿨라를 발견하고 잠시 나와 헐떡거리며 속삭인다.

– 할아버지: 끝날 때까지 기다려주겠니, 10분이면 끝난단다.
– 쿨라: 그럼요.

쿨라는 할아버지가 신나게 춤을 추는 것을 보니 쿡쿡 웃음이 나온다. 미소가 가시자 문득 막연하게나마 헤어짐에 대한 위로를 받는다. 할아버지는 헉헉거리며 복도를 지나가며 말했다.

- 할아버지: 늘 가던 카페에 가서 커피 한잔하자꾸나. 오늘은 치유의 세계에 관해 대화를 나눠보면 좋을 것 같구나.
- 쿨라: 치유의 세계라는 게 있나요? 또 다른 곳에 존재하는 세상인가요?
- 할아버지: 치유의 세계라는 거창한 단어를 쓴 걸 이해해주렴. 아니란다. 우리 안에 있는 세상이지.
- 쿨라: 역시 치유는 바깥에 없군요. 안에 있지.
- 할아버지: 그렇단다. 우선 치유는 치료하여 병을 낫게 한다는 의미가 있잖니. 치유라는 개념은 더욱 확장될 필요가 있어. 우리가 자신만의 치유를 정의할 수 있어야 하고, 경험할 필요가 있지.
- 쿨라: 그런가요?
- 할아버지: 그렇지. 우리가 고통을 보기 전에 치유를 볼 수 있어야 본질에 더욱 가까이 다가가는 거란다. 인간의 기본 상태는 투쟁이 아니라 평화이기 때문이야.
- 쿨라: 세상에는 고통이 가득한데 어떻게 치유가 본질적

인 존재가 될까요?

- 할아버지: 고통이 필연적이라면 치유도 필연적이란다. 고통과 고통 사이에는 치유가 자리하지. 치유는 빈번하게 일어난단다.

- 쿨라: 그렇군요. 치유의 세계가 어떻게 생기는 거죠?

- 할아버지: 네 안에 새로운 세계를 만드는 것이 치유의 세계를 구축하는 방법이란다. 치유의 세계는 고통으로부터 잠시 떨어져 나갈 수 있는 공간이자, 휴식과 지혜가 공존하는 곳이란다.

- 쿨라: 그 공간에는 무슨 의미가 있는 거예요?

- 할아버지: 큰 의미가 있지. 치유의 세계에 머무르는 것이 불안과 싸우는 것보다 훨씬 현명하기 때문이야. 치유의 세계를 키울수록 고통을 처리할 수 있도록 뒷받침하는 힘이 더 커진단다.

- 쿨라: 치유의 세계에는 어떤 것들이 있을까요?

- 할아버지: 네가 모아둔 책의 한 구절 그리고 수많은 통찰, 요가의 느낌들, 영화의 한 장면, 노래 속 멜로디, 한 점의 그림, 어렵사리 찾은 꿈들 등 이렇게 만족스러운 티끌들이 모두 치유의 세계의 구성요소가 되지.

- 쿨라: 할아버지와 나눴던 대화들이 그런 것 같아요.

― 할아버지: 우리가 나눴던 대화들이 치유의 세계를 구성할 수도 있지. 우리는 얼마든지 마음의 평화를 느끼는 것들로 치유의 세계를 이룰 수 있단다.

― 쿨라: 얼마든지 풍부하게 키울 수 있겠어요.

― 할아버지: 그럼, 우리의 영혼을 움직이는 것들이 정말 많으니까 말이야. 또한, 우리에게는 늘 문제의 해결책을 찾는 본능이 있다는 거 아니? 치유의 세계를 거닐다 보면 생각지도 못한 지혜로운 답이 나와 정신적으로 힘들었던 것들이 해소되는 결과에 이르기도 한단다. 치유에 대한 이해를 키워가는 것이 가장 아름답게 고통을 초월하는 방법이지.

― 쿨라: 치유의 세계가 망상은 아니겠죠?

― 할아버지: 오히려 치유 자체가 진실이라 그것에 의지하는 것만으로도 힘을 받게 되니까. 치유에 대한 상상은 곧 현실로 바뀌고 궁극적으로 고통을 감내할 힘을 준단다.

― 쿨라: 아하, 그러니까 제가 하고 싶은 일을 하면서 평화를 찾고, 부드럽게 고통을 이해할 시간을 허락하란 뜻이신 거죠? 알 것 같아요.

쿨라는 잠시 카페 밖에 사람들을 쳐다보다 시선을 옮겨 더 멀리 바다를 바라본다.

- 쿨라: 그러고 보니 저도 치유의 세계가 있어요. 제게는 그게 도피가 아니라 중추적인 돌파구였어요. 사색과 적용, 안정과 평화 그리고 사랑까지. 저를 지켜준 수많은 책, 탐구와 답들, 제가 영혼을 다해 생각했던 것들, 감각들을 포착한 그림… 그곳에는 조금씩 키워놓은 지혜로운 나, 사랑으로 보듬어주는 내가 있었어요.

- 할아버지: 맞아, 너는 고통을 상쇄시키기 위해 애쓴 것이 아니라 그저 치유라는 하나의 세계를 창조한 것 같구나.

- 쿨라: 고통은 늘 있지만, 생각해보니 힘들 때면 쪼르르 달려가 모든 것을 멈추고 치유의 세계에서 시간을 보내다 왔네요.

- 할아버지: 그와 동시에 외부의 세계에서 아픔에 직면하게 될 수도 있단다. 그래도 괜찮아. 치유의 세계는 우리를 언제든지 기다린단다. 그리고는 우리를 따뜻하게 품어.

- 쿨라: 할아버지, 바다에 골짜기가 있다면 이런 느낌일까요. 깊은 골짜기 안에 머무르며 쉼을 청하는 것 같아요.

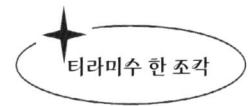
티라미수 한 조각

TO. 팀

치유의 세계는 우리 안에 존재해.

마음의 평화를 얻을 수 있고, 휴식과 지혜가 공존하는 곳이지.

고통을 잠시 잊고 그 세계에서 네 영혼을 움직이는 것들에

집중하다 보면

의외로 고통에 대한 뛰어난 답이 나올 거야.

잠시 그곳에 다녀와봐.

넌 앞으로 그 공간을 색다르게 창조해나갈 수도 있어.

_____

_____

_____

_____

FROM. 쿨라

chapter 19

안아버리다

배가 곧 정박함을 알리는 소리가 우렁차다. 쿨라는 서둘러 방을 나간다. 할아버지와 인사를 하고 싶었다. 쿨라는 늘 할아버지가 앉아 있던 갑판 자리 기둥으로 달려갔다. 할아버지는 없었다. 한참을 찾다가 뒤를 돌아보니 할아버지가 서 있었다.

- 쿨라: 할아버지!

걸어가서 팔을 뻗어 활짝 웃는 할아버지와 포옹하는 순간 쿨라는 덜컥 두 손으로 자신의 가슴을 안는 것을 느낀다.

chapter 20
배에서 내리다

 쿨라는 한참을 노트북 화면을 바라보다 글을 저장하고 서둘러 짐을 싸서 배에서 내린다.

 이모부가 멀리서 손을 흔든다. 쿨라는 배에서 내리자 마침내 도수가 맞는 안경을 낀듯하다.

"여행은 어땠니?"
"좋았어요. 좋다는 말로 설명이 될지 모르겠지만요."
"무슨 소감이 그러냐. 피곤하지. 비행기에 가서 어서 쉬렴. 혹시 힘들면 알지?"
"네, 걱정하지 마세요. 챙겨주셔서 감사해요. 이모부."

공항까지 가는 동안 쿨라는 뒷자리에 앉아 창밖을 쳐다보다 이윽고 노트북에 있는 글을 읽기 시작한다. 공항에 도착해서 이모부와 포옹을 나누고 심심한 인사를 건넨다. 곧장 공항 안으로 들어간다.

*

쿨라는 서서 고동색 노트에 글을 쓰고 있다.

'저기요?'

쿨라는 자신이 줄의 가장 앞에 와있음을 깨닫는다.

'상념으로 가득 찼군. 정신이 하나도 없네.'

쿨라는 한참을 걸어 비행기에 탑승한다.

chapter 21
팀, 나야!

 잘 지내고 있어, 팀? 나는 이제 막 한국으로 가는 비행기를 탔어. 크루즈 여행은 끝내줬어. 내가 겪는 회색빛 회복에 푸른 바다 빛이 더해졌어. 이렇게 평화로웠던 적은 없었을 거야. 나는 바다만큼이나 깊은 내적인 여정을 겪었어. 내 안에서 무슨 일이 일어났던 게 분명해.

 우선 알려줄 소식이 있어. 나는 내게서 왜 그토록 치유의 언어가 흘러내렸는지 알아냈어. 그건 바로 내 꿈이 치유를 언어로 표현하는 작가였기 때문이었어. 배에서 글을 쓰면서 깨달았거든. 나는 작가에게 일어날 수 있는 아주 자연스러운 일을 겪은 거야.

그리고 또 중요한 소식. 나 배에서 드디어 완성된 글을 썼어. 너에게 메모를 남기기도 하면서. 배가 나폴리에 있을 때쯤 원고를 완성했어. 나와 할아버지와의 이야기야. 내 안의 할아버지에 대해서 넌 알고 있잖아. 한국에서 내 안의 할아버지에 대해 처음 이야기했을 때 너는 고개를 갸우뚱했지. 할아버지는 내가 마음속에서 늘 소환하곤 했던 최고의 지혜의 존재야.

나는 바다에서 내내 글을 썼어. 배에서의 나와 할아버지와의 대화는 상상이었지만 그걸 진짜 배 안에서 쓰는 건 흔치 않은 경험이었어. 바다를 느끼며 글을 썼지. 실제로 크루즈 여행을 하고 있는 상황보다 머릿속에서 할아버지와 나누는 대화가 더 생생할 정도였어. 나는 배 안에 있었지만 내 내면에 머물렀던 셈이야. 바다에서의 여행이 결국 내적인 여정으로 대체되었지만 그게 진심으로 행복했어. 20대의 나와 내 내면에 머무르고 있는 할아버지 사이를 핑퐁처럼 왔다 갔다 하느라 고생을 좀 하긴 했지만.

어서 가서 글을 보여주고 싶어. 어쩌면 이 글이 너의 질문에 대한 답이 될지도 모르겠다. 팀, 할아버지와의 첫 만남부터 헤어짐까지 나는 깊은 머릿속 여정을 겪었어. 이제 그 여정은 끝을 맺으려고 해. 현실로 돌아갈 때가 되었으니까. 한국에 가서 얼른 보고 싶다.

chapter 22

멀리건과 짐

 배에서 비행기로 오기까지 멀리건은 진실과 잡념으로 뒤덮인 쿨라의 영혼을 본다.

 "시간이 필요하겠군."

 멀리건은 비행기 뒷자리에 자리 잡는다. 통로로 걸어오는 50대 남성을 유심히 바라본다. 배가 불룩 나오고 잠자리 안경을 쓴 대머리 남성의 눈이 유독 빛나는 초록색이다.

 - 멀리건: 누구 통역을 맡고 있나?

"루크라는 소년의 통역을 맡고 있어. 아직 루크는 비행기에 타지 않았어. 내가 좀 일찍 왔네. 그쪽 임무는 어디쯤 와 있나?"

– 멀리건: 여정은 거의 끝났고, 집으로 가려고 하네. 자네의 이름이 무엇인가?
– 짐: 짐이라고 해두지.

짐은 서둘러 옷을 개켜서 무릎 위에 놓고 편안한 자세를 찾는다.

– 짐: 루크라는 아이는 섬세하고 여린 영혼을 가졌어. 불안을 앓고 있지만, 강한 아이지. 속으로는 지혜롭고 따뜻한 아이라는 걸 친구와 가족들은 잘 알고 있어. 괜히 겉멋이 들어서 멋있는 척하고 다니느라 대부분 사람이 몰라서 그렇지.
– 멀리건: 아이에게 특별한 애정을 품고 있구먼. 이 아이에게 알려줄 것은 무엇인가?
– 짐: 이 아이는 야속하게도 긴 어둠의 여정을 겪어야 했어. 운명에 따르면 그 여정이 오늘 여기서 끝나네. 이 비행기 안에서 루크가 잠들었을 때 꿈으로 들어가 대화를 나눌 거

야. 이 아이의 불안의 여정이 끝났다는 걸 알려줘야 하거든. 그래야 그 아이가 진정으로 자유로워질 수 있어. 때론 자신이 아닌 누군가가 확언해주고 위로해줘야 비로소 그 여정이 끝날 수 있다는 걸 자네도 잘 알지 않는가.

- 멀리건: 행운을 비네.
- 짐: 누구의 영혼 통역을 맡고 있나?
- 멀리건: 쿨라라는 아이야. 나는 이 아이와 직접 대화했지만, 결국 나와의 대화로 전적으로 매듭을 풀진 않았어. 이 아이는 자신과의 대화를 충분히 나눈 특별한 경우거든. 그래서 나는 그 아이에게 다시 상기시켜주기만 하면 됐어. 그 아이가 글을 쓰게 해서 말이야. 그 아이가 몰랐던 영혼에 있는 말을 마음으로 옮기는 과정이었지. 글을 쓰고 나서야 영혼의 언어와 일치를 이루었어.
- 짐: 복잡한 선물이었겠군.
- 멀리건: 영혼의 깊은 구석을 발굴하는 데는 복잡한 과정이 따르기 마련이야. 쿨라는 내게 치유에 상상력이 필요하다는 것을 알려줬네.
- 짐: 저기 온다, 저 아이가 루크야.

루크는 쿨라의 옆자리에 앉는다.

- 멀리건: 흠. 이거 재밌겠군. 저 아이가 쿨라라는 아이야.

둘의 눈에는 초록색으로 빛나는 불꽃이 떠오른다.

chapter 23
그의 불안, 나의 불안

 쿨라에게 비행기는 이제 공포의 공간이지만 어렸을 때만 해도 비행기 냄새와 승무원들의 미소는 쿨라를 설레게 했다. 이제 어린 시절의 기억은 사라지고 극복해야 할 공포만이 남았다. 쿨라는 자신의 행복했던 유년 시절을 도둑맞은 기분이다.

'이제는 침착한 것이 중요해. 편안히 가는 거야.'

 옆에서 짐칸이 열리고 여행용 가방을 싣는 소리가 들린다. 쿨라는 노트를 접고는 옆을 본다. 이윽고 상쾌한 라즈베리 향을 내며 자리에 앉는 남자의 모습이 보인다.

회색 카디건 안에 보라색 티를 받쳐 입은 남자였다. 청바지는 적당히 헐렁한 것이 보기에 좋았다. 숨을 내쉬며 자리에 앉아 안전벨트를 채운다. 남자는 쿨라를 힐끗 보더니 모자를 벗는다. 꽤 앳된 얼굴이다. 20대 중반 정도의 사람이거나 막 대학교를 졸업한 학생 같다. 머리는 조금 길어서 뻗친 모양이 미묘하게 얼굴형과 조화를 이룬다. 안내방송이 들린다. 쿨라는 옆에 있는 이 사람의 존재를 느끼지만, 굳이 의식하지 않으려고 한다.

'예전 같은 성격이면 인사라도 해볼 텐데. 잠자코 있자. 번잡스럽지 않게 가자.'

쿨라는 이모부가 준 약을 삼킨다. 애써 불안을 삼킨다. 쿨라는 곧 비행기가 굉음을 내자 섬뜩한 느낌에 부딪힌다.

'안 돼.'

쿨라는 깊은 곳에 품어두었던 악몽이 되살아남을 느낀다. 결국은 괴로운 시간이 오고 만다. 한참을 호흡하고 자기암시를 한다.

'불안을 잠재워야 해. 괜찮아, 괜찮아. 괜찮을 거야. 내 뇌가 잘못 인지하고 있는 거야.'

끈적끈적하게 들러붙은 불안은 좀처럼 떨어지질 않는다. 불안에 휩싸인 뇌가 질주하는 것을 느낀다.

'제발….'

앞으로의 비행시간을 생각하니 눈앞이 아득하고 깜깜하다.
비행기는 이륙했고, 승무원이 복도를 다니며 음료를 권했다.

"괜찮아요."

간신히 쿨라는 말한다.
갑자기 기내가 흔들린다. 무언가가 쿨라의 손을 잡았다 놓는다. 쿨라의 눈이 번쩍 뜨인다.

"아, 죄송해요."

남자가 말한다. 남자는 눈을 감고 더듬어 팔걸이를 잡는다. 쿨라는 남자가 서둘러 손을 놓을 때 남자의 손의 차가운 감촉과 미세한 떨림을 느꼈다. 익숙한 냉기다. 피를 빨아먹듯 손과 발의 냉기를 남겨놓은 채 모든 따뜻함에서 추방당할 때 느껴지는 기운.

 자세히 보니 남자의 얼굴이 창백하다. 쿨라는 남자의 내면이 무언가로 뒤틀리는 듯한 형상을 본다. 남자는 애써 눈을 감고 있었고 온몸이 경직되어 힘든 시간을 견디고 있었다. 남자는 괴로움을 쉽사리 떨쳐버리지 못하고 있는 것 같았다.
 남자는 팔걸이에 손을 얹어놓고 숨을 한참 내쉬더니 깊게 호흡한다. 목걸이를 만지작거리며 무언가를 중얼거리기도 한다. 절박한 모습이라 도와줄 것이 없냐는 말이 튀어나오려고 했지만, 쿨라는 꾹 참는다. 쿨라는 알고 있다. 그 누구도 도움이 될 수 없는 순간이라는 것을. 남자는 어쩔 줄 모르다가 눈을 꾹 감고 호흡을 한다.

 쿨라는 각자의 자리에서 호흡하는 서로를 느낀다. 이런 억지스러운 노력을 해야 하는 자신이 정말이지 진절머리난다. 계속 호흡한다. 그래도 약을 먹고 나니 한결 나은 기분이 드는 듯하다.

 '그래 조금만 더 시간이 지나면 안정권에 들 거야. 마지막으로 집중해서 호흡하자. 그리고 괜찮아. 아무 일도 일어나지 않아. 간절하게 호흡한다는 것이 얼마나 비참한 기분인지 저 남자는 알까?'

 남자를 지켜보다 쿨라는 두 손으로 남자의 손을 잡는다. 쿨라는 자신이 한 일에 화들짝 놀란다. 남자는 그녀의 손을 피하지 않는다. 손을 빼기에는 땀으로 가득 찬 남자의 손이 너무 차갑다. 쿨라도 눈을 감는다.
 5분이 흘렀다. 쿨라는 한고비가 지나갔음을 느낀다. 주위를 돌아봐도 그 느낌은 가버리고 없다. 아직 여파는 있었지만, 힘을 내어서 주변을 보며 현실감각을 되찾기를 시도한다.
 남자는 잠시 기절하듯 잠에 빠진 듯하다. 눈을 감고 있는 남자의 얼굴이 눈에 들어온다. 미남이라기보다는 깔끔하고 개성 있는 생김새. 얼굴은 푸석했지만, 이목구비가 유난히 뚜렷하다. 불안함만 가신다면 기분이 좋아지는 외모일 것 같다. 공포에 얼어 짓눌렸던 남자의 모습이 떠오르고 연민이 생긴다. 자신에게 익숙한 것이 타인에게서 발견되는 것이 어떤 느낌인지 깨닫는다.

'괴로워하는 사람을 보고 기분이 좋다고 느끼다니. 단단히

미쳤구나.'

 쿨라는 서둘러 시선을 정리한다. 쿨라가 남자의 손을 잡은 지 10분가량이 지났다. 남자의 호흡이 차근차근 안정을 되찾는 것을 느낀다. 손 온도가 차츰 돌아오고 있었다. 긴 꿈에서 깨어난 듯 남자는 눈을 뜨고 쿨라를 바라본다. 쿨라는 따뜻한 기운으로 데워진 손을 놓는다. 남자도 어색하게 손을 빼낸다. 그리고는 고비가 넘어갔다는 듯 좌석에 머리를 기대며 온몸을 내려놓고 의자에 파고든다.
 부스럭거리는 남자의 존재가 쿨라의 감각을 건드린다. 처음에 알아보지 못했던 마른 몸매와 또렷한 눈빛을 느낄 수 있다. 남자의 외모에 묻어나는 마음의 흔적들을 스캔한다. 물론 그 흔적들은 자신의 상상이겠지만. 남자가 기운을 되찾고 정신을 차린다. 남자는 쿨라에게 넌지시 말을 건넨다.

"여행 갔다 온 거예요?"
"네, 크루즈 여행을 다녀왔어요. 그쪽은요?"
"좋은 여행 하셨네요. 저는 친구 만나러 왔다가 집으로 가요."

남자는 기진맥진해서 안대를 챙긴다.

"고생했더니 잠이 오네요. 기내식 올 때 깨워줄 수 있어요?"
"네. 그럴게요. 쭉 편하게 쉬면서 가요."

 쿨라는 안정을 되찾자 배가 고파온다. 불안 때문에 죽은 사람은 못 봤다더니. 역시나 불안은 사람을 절대 죽이진 못한다. 항상 안정이 온다는 걸 알면서도 왜 그렇게 힘든지. 참 간사하다. 그럼에도 쿨라는 남은 비행 동안 또 불안이 찾아올까 두렵다. 쿨라는 쓰던 노트를 혼자 뚫어지게 처다보다가 창문을 보길 반복한다. 남자의 숨소리에 마음이 안정되는 것을 느낀다. 쿨라는 조용히 그 소리를 듣고 있다.
 쿨라의 시선이 다시 한번 남자의 얼굴 쪽에서 춤을 춘다. 남자가 안대를 쓰고 있으니 쿨라는 아까처럼 남자를 마음껏 구경해볼 수 있다. 얼굴의 코는 날이 서 있었고, 입술의 혈색은 빨갛게 돌아와 있다. 호기심이 생긴다. 눈을 제대로 보고 싶은데. 분명히 무언가를 띠고 있는 얼굴인데 그게 뭔지 알고 싶다. 관찰하고 싶은 마음을 억누른다.

'안 돼. 엄청 피곤할 거야.'
 쿨라는 시선을 돌려 노트를 집어 들고 낙서를 하다가 오늘 노트에 적은 내용을 타이핑하여 노트북에 옮긴다. 그리고는 다시 할아버지와의 대화를 띄워놓고 차근히 읽기 시작한다. 쿨라는 곧 정신이 혼미해져 좌석에 기대어 자버린다. 얼마나 지났을까. 눈을 떴을 때 기내식을 주러 다니는 승무원들의 목소리가 사방에서 들린다. 쿨라는 뭔가가 허전하다. 고개를 돌리니, 남자는 쿨라의 노트북을 들고 놀란 눈을 하고 있다.

"이게 무슨. 뭐야."

chapter 24
이야기의 문이 열리다

 남자는 흠칫 놀라 노트북을 내려놓는다.

"일어났어요? 죄송해요. 제 좌석 스크린이 망가져서 영화를 볼 수가 없었어요. 정말로 집중할 것도 없고, 다시 힘들어질까 봐 너무 불안했는데 읽을거리가 보이니 그만. 자고 계신 걸 깨우지는 못하겠고… 죄송해요."

 남자는 당황해서 횡설수설한다. 남자가 한참 동안 설명하는 것을 쿨라는 인내심을 가지고 듣는다. 남자의 눈에는 가여운 책망의 빛으로 가득하다. 쿨라는 사실 흥미롭다.

"아, 괜찮아요. 불안해서 그런 거라면요. 이해해요. 그래도 절 깨우지 그러셨어요."
"너무 곤히 자길래. 힘들었잖아요."

쿨라도 정신을 차리고 대응한다.

"알겠어요. 노트북 이리 줘요."

남자가 아주 깨끗한 손수건을 대하듯 노트북을 정성스레 집어 쿨라에게 돌려준다.
승무원이 다가와 물어본다.

"식사 어떤 것으로 하시겠습니까?"
"저는 오믈렛이요."
"저도요."

남자는 고분고분한 양처럼 쿨라의 메뉴를 따른다. 쿨라는 밥을 먹으며 어색한 분위기를 깰 기회를 엿보다가 말한다.

"좀 나아졌어요?

"네, 그쪽은요?"

"저도 괜찮아요. 이름이 뭐예요?"

"루크라고 해요."

"저는 쿨라요."

　- 루크: 불안한 건 좀 어때요?

　- 쿨라: 괜찮아요. 신경 쓰지 않으려고요.

　쿨라는 영화를 보지만 루크가 신경 쓰인다. 앞으로의 비행 동안 이 사람하고 대화하면서 갈 것인가 아니면 조용히 스크린에 집중하는 척하며 불편하게 남은 시간을 보낼 것인가 고민한다. 루크가 초조하게 다리를 떠는 것이 쿨라 눈에 보인다. 어색한 침묵이 흘렀다. 루크가 조심스레 운을 뗀다.

　- 루크: 아까 노트북에 쓰신 그 글이요, 직접 쓰신 건가요?

'아 드디어. 다행이다. 차라리 대화하는 것이 백번 나을 것 같다.'

　- 루크: 혹시 어떤 이야기인지 물어봐도 돼요?

쿨라는 눈을 또록또록 굴리다가 짧게 한숨을 쉰다.

'에라 모르겠다.'

쿨라는 힘껏 대화의 문을 열어버리기로 한다. 대신 최대한 정성스레 말하기로 마음먹는다. 입 밖으로 처음 내는 가장 내밀한 이야기니까.

- 쿨라: 네. 음… 그러니까. 한 여자애가 배에 타면서 할아버지와 대화를 나누는 얘기예요. 근데 할아버지와 여자아이는 동일인물이었던 거예요.
- 루크: 아, 설명해주셔서 감사해요.

루크는 얌전하게 시선을 정면으로 돌리고 따분한 듯 손을 쥐었다 폈다 하며 시선을 아래에 둔다. 갑자기 기내가 흔들린다. 루크는 눈을 질끈 감으며 손으로 팔걸이를 굳게 잡는다. 목소리가 어색하게 높아진다.

- 루크: 와, 그거 되게 쓸쓸한 얘기네요! 지금 난기류를 만난 거죠?

루크의 말끝의 목소리가 미세하게 떨린다.

- 쿨라: 왜 이렇게 자주 흔들리는 건지 모르겠네요. 음, 이 얘기는 쓸쓸하기보단 충만한 이야기에요. 결국, 치유의 열쇠가 자신 안에 있다는 의미도 되잖아요.

쿨라도 덜덜 떨리는 몸을 외면하듯 루크처럼 크게 분명한 목소리로 말하려고 노력한다. 잠시 기내방송이 나오더니 안전벨트 표시등이 꺼진다. 루크는 숨을 내쉰다. 루크의 몸은 쿨라를 향해 있다. 쿨라는 다시 머릿속을 흘러 다니는 불안의 기운이 엄습하는 것을 느낀다.

- 루크: 그러니까 작가이신 거예요?
- 쿨라: 네. 아직 출판하진 못했지만, 그런 셈이죠.

쿨라는 아무래도 힘들다. 얘기를 꺼내려는 루크에게 눈을 감고 잠시 손으로 그만하라는 의사를 표시한다. 불안하고 머리가 아프다.

- 쿨라: 잠시만, 눈 감고 있을게요. 자꾸 힘이 들어서.

- 루크: 오, 미안해요.

 쿨라는 눈을 감고 심호흡을 한다. 힘들지만 루크와 대화를 나눠보기로 한다. 얘기를 이어가는 것이 불안을 잠재우기를 바라면서.

  - 쿨라: 그쪽은 무슨 일 해요?
  - 루크: 저는 배우예요. 망할 놈에 불안 때문에 오디션을 죽 쑨 사람이라고도 하죠.

 쿨라는 눈을 떠 루크를 바라본다. 아무렇지 않은 듯 삐죽 입을 내밀며 어깨를 들썩이고 있지만, 쿨라는 루크의 상처를 느낄 수 있다.

  - 쿨라: 아, 그렇군요.

 쿨라는 찰나라도 느낄 수 있다. 이 남자는 자신이 느끼는 것에 솔직할 뿐이다. 버틸 힘이 있다. 그리고 자신의 연약함을 이렇게 공개하는 사람은 자존감이 높은 편임이 분명하다. 쿨라는 남자에게 존재하는 연약함이 아름답다고 생각했다. 쿨라는 눈을 꾹 감고 불에 덴 듯 정말로 자신이 하고 싶은 말을 하기로 한다.

- 쿨라: 그쪽이 말하는 불안이 어떤 것인지는 잘 모르겠어요. 근데 지나고 보면 불안만큼 내가 원하는 것에 다가가게 해주는 촉매제가 없더라고요. 분명 고통스럽지만, 자신에게 맞지 않는 것이 뭔지 깨닫게 하고 끝내 내려놓게 해주잖아요.
- 루크: 그냥 나에게 맞지 않는 옷을 입으니까 불안이 온 것 같은데. 불안이 뭔가를 해준다고는 생각해본 적 없어요. 근데 맞는 것도 같아요. 학교에서 불안이 시작되면서 학교가 맞지 않는다는 것을 발견했고, 배우라는 꿈을 꿨으니까요. 학교에서 벗어나 배우가 되기 위해서 이사할 때 제일 자유로웠어요.
- 쿨라: 그렇군요. 연기하는 건 어때요?
- 루크: 재밌는데 어려워요.

쿨라는 루크와 대화하며 불안이 조금이나마 사그라들고 있음을 느꼈다. 루크와의 대화를 계속해야 할 것 같다.

'대화에 진정으로 집중하자. 그래야 불안을 잊을 수 있을 것 같아.'

다시 기내가 흔들린다. 루크는 질끈 눈을 감고 크게 말한다.

- 루크: 연기하는 건 나를 제일 옥죄면서도 훨훨 날게 해줘요. 내가 끝내 생각한 최고의 것이 연기였고 그걸 해야 내 가슴과 머리가 돌아가는데 어쩌겠어요.
- 쿨라: 운이 좋네요. 정말로 하고 싶은 걸 하는 거니까.

쿨라는 루크를 관찰한다. 루크는 차분하지만 분명한 고집이 있어 보였다.

- 루크: 근데 오디션에만 가면 어려워지네요.
- 쿨라: 너무 하고 싶은 마음이 강해서 오히려 그게 방해가 되는 거죠?

루크는 지친 듯 테이블을 펴고 엎드린다. 한쪽 눈을 뜨고 쿨라를 바라본다.

― 루크: 나를 흔드는 게 나라는 걸 받아들이라는 얘기죠?
― 쿨라: 그런 셈이죠.

 루크는 아무 말도 하지 않았지만, 쿨라는 이 청년의 맑은 불안이 보인다. 선한 의도에서 비롯된, 그래서 곧 나아지고 나아질 불안들. 그 사이로 부서지기 쉽지만 강렬한 자유로움이 담겨 있었다. 쿨라는 문득 뚫어지게 쳐다보는 자신의 멍한 표정이 걱정된다. 다행히 루크의 표정에는 불편한 기색이 없다. 한 남자와 이렇게 붙어 있으며 대화하는데 벌써 이 깊이까지 대화가 진행되었다니 별일이다.

― 쿨라: 사실 작가가 되기로 한 지 얼마 안 됐어요. 배에 타서 글을 쓰면서 내 꿈이 작가라는 걸 알게 됐으니까요. 작가가 되려고 결심하기 전까지 모든 게 어긋났죠. 이게 내 운명이라는 걸 알고부터는 자연스럽게 미끄러져 들어갔어요. 마치 일체였던 것처럼. 앞으로 작가로서도 힘든 건 경험할 수 있겠죠. 그래도 내 운명 속에서 견디는 건 의미가 있으니까요.

 루크는 싱긋 웃는다.

– 루크: 글 중에 영화에 대한 글이 있던데, 공감이 많이 갔어요.

순간 쿨라는 얼굴이 화끈 달아올라 번쩍 눈을 뜨고 루크를 바라본다. 그리고는 황급히 시선을 등받이로 돌린다.

– 쿨라: 아, 그거 잘 모르고 쓴 걸 수도 있어요.

루크가 흥미롭다는 듯 눈을 또렷이 뜨고 웃는다.

– 루크: 아니에요. 정확히 알고 썼던데요. 사실 그것 때문에 배우가 연기하는 거잖아요. 진짜 사람보다 더 진실한 존재처럼 보인다는 건 최고의 칭찬이고요.
– 쿨라: 맞아요.
– 루크: 긴 서사 얘기도 좋았어요. 개인적으로 우리 모두 서사가 필요한 인간이라는 데 동의해요. 스크립트를 받고 연기를 할 제가 수없이 느낄 것들이잖아요. 지금은 작은 배역이지만 먼 훗날에는 저도 서사가 있는 큰 역할을 맡고 싶어서요.
– 쿨라: 분명히 그렇게 할 수 있을 거예요.

쿨라는 어지러운 불안들이 갑자기 눈앞에 아른거리며 자신을 괴롭게 하는 것을 느낀다.

- 루크: 고마워요

쿨라는 급격히 심해지는 불안의 기운에 등받이에 정수리를 대고 조용히 호흡한다.

- 루크: 쿨라, 괜찮아요?

한참이 지나 쿨라가 조용히 말한다.

- 쿨라: 모르겠어요. 조금 고통스러워요.

쿨라는 아까부터 느꼈던 루크의 느슨했던 에너지장이 심각해지는 것을 느낀다.

- 루크: 저기 쿨라. 잠깐만 내 눈 좀 봐요. 나 따라 호흡해요.

루크는 들이쉬고 내쉬고를 반복한다. 쿨라는 조금씩 루크를 따라 호흡하기 시작한다.

- 루크: 좋아하는 게 뭐예요?
- 쿨라: 글 쓰는 거요.

루크는 황당한 표정을 짓는다.

- 루크: 아니, 그거 말고요. 반려동물이라든가, 남자친구라든지.
- 쿨라: 남자친구 없어요. 음, 내가 좋아하는 건 산책이랑, 카페 가는 거 정도예요.
- 루크: 그래요, 그럼 이렇게 생각해요.

루크는 다급하게 말한다.

- 루크: 당신은 지금 당신을 진정시켜줄 사람이 필요해요. 하지만 이 상황에서 당신 옆에는 부모님도 없고 친구도 없어요. 아는 사람이라고는 나밖에 없잖아요. 그러니까 지금부터 나는 당신이 제일 의지하는 사람이에요. 어떻게든 좋은 상태로 한국에 도착할 때까지만. 그렇게 하는 게 도움이 될

것 같아요. 계속 호흡해요.

 루크는 쿨라의 손을 잡는다. 쿨라는 미칠 지경이다. 배우지망생이라는 사람이 버젓이 나타났고, 배우라는 직업에 대해 자신이 한 말들을 읽고 답하기까지 했다. 그리고 이제는 심지어 의지하는 사람이라고 상상해보라니. 꿈같으면서도 미칠 노릇이다.

'이러다 더 불안해지겠어.'

 쿨라는 머리를 굴리다 자신의 성찰이 끝까지 미치는 것을 느낀다.

'그래, 행복하다고 생각해야 불안이 가라앉을 거야. 솔직히 이 망할 불안이 아니라면 지금 나는 행복한 게 맞잖아.'

 – 루크: 신경 쓰지 말고 계속 호흡해요.

'그래, 나는 지금 행복해. 나는 행복해. 나는. 행복해.'

쿨라는 반복해서 내면에서 중얼거렸다. 아득해질 때까지. 루크의 손을 더 꽉 잡는다. 눈을 감은 자신을 지켜보는 루크를 느끼며 쿨라는 깊은 잠에 빠진다. 꿈을 꾼다. 잃어버린 줄 알았던 자신 안의 다채로움이 피어나는 꿈을. 화려한 색깔들의 풍선을 타고 비행기 밖으로 나가는 꿈을.

chapter 25

사랑을 발견하다

멀리건은 흥분한다.

— 멀리건: 흠, 쿨라의 영혼이 다른 빛을 띠기 시작했어. 진한 노란색 빛이 보이나? 어떻게 된 건가?

— 짐: 쿨라는 노란색 빛이로구먼. 이거 참 흥미롭군. 루크가 불안을 겪는 도중에 쿨라가 루크의 손을 잡았을 때 루크는 기절했지. 그리고 깊은 잠에 빠졌을 때 나와 긴 만남을 가졌어. 나는 루크에게 나타나 그동안의 불안이 끝날 거라고 알려줬어. 이제는 자유로워질 것이라는 걸 믿게 해준 거야. 그리고 나는 대화를 끝마쳤고 그때 루크는 깨어나서 진정으로 자유로움을 느꼈어. 물론 나의 존재는 잊혀졌네. 쿨라가

손을 잡고 있을 때 루크에게 들어간 게 관건이었지. 깨어났을 때 쿨라의 손을 잡고 있음을 느꼈고, 이 자유로움이 쿨라와 깊숙이 엮여버린 거야. 그렇게 사랑에 빠지게 된 거고.

- 멀리건: 적절한 시기였군. 결국, 어떤 타이밍에 등장해 우리가 통역하느냐가 중요한 거였어. 우리가 운명을 바꿀 순 없지만, 짝을 만났을 때 응원해줄 순 있지. 어차피 그들이 사랑한다는 사실은 운명에 포함되어있는 거니까.

— 짐: 루크는 쿨라의 글을 읽으면서 해방감을 느꼈어. 쿨라의 애기를 듣는 게 좋은 것 같아. 쿨라의 영혼에 큰 호기심을 가지고 있어. 지켜보자고.

- 멀리건: 쿨라는 치유의 존재와 함께 있을 때 할 말이 끊이지 않고 진정한 자신으로 존재하지. 그 순간 쿨라의 영혼은 무한하다네. 쿨라가 사랑을 받아들이기를.

둘은 승무원에게 라면을 시키고 빙그레 웃는다. 재미있는 구경이라도 지켜보기라도 하듯이.

chapter 26
미스터리

쿨라는 눈을 뜬다. 옆에서 루크는 자고 있다. 쿨라는 호흡을 떠올린다. 다시 호흡해본다.

'불안할 때도 명상할 때도 늘 호흡이 함께하니까. 호흡은 늘 나를 구하고 있구나.'

루크는 뒤척이더니 페트병 뚜껑을 열고 물을 마신다.

- 루크: 일어났어요? 좀 괜찮아요?
- 쿨라: 네. 훨씬 나아요.
- 루크: 아까 잘 때 기내식 받아뒀는데 먹을래요?

― 쿨라: 네. 감사해요.

루크는 밥을 먹는 쿨라를 물끄러미 쳐다본다.

― 루크: 심심해요. 아무거나 하고 싶은 말 없어요?
― 쿨라: 책에 관한 이야기요?
― 루크: 아무거나요.

쿨라는 가만히 생각해본다.

― 쿨라: 네. 책 내용에 대해 더 이야기하자면, 이건 저 자신과의 대화에요. 할아버지가 저였고요.
― 루크: 알아요.
― 쿨라: 제가 써온 거지만, 저절로 써진 것만 같았어요.
― 루크: 지독하게 할아버지를 상상했네요.
― 쿨라: 그동안 치유의 일환으로 무수히 쌓아온 글들은 할아버지라는 대화상대를 만들어내기에 충분했거든요. 마치 제 영혼과 대화를 나눈 기분이었어요.

쿨라는 꿈을 꾸는 듯한 표정을 지었다. 루크는 슬쩍 구경하듯 힐끗 쳐다보더니 흐뭇한 듯 웃었다. 루크의 표정에는 장난기가 스친다.

- 루크: 전 할아버지라는 인물이 진짜로 있었으면 좋겠어요. 따뜻하잖아요.

쿨라는 피식 웃는다. 입꼬리가 올라가는 부분의 피부가 땅긴다.

'얼마나 안 웃고 지낸 거야.'

- 루크: 흠, 그런데 왜 할아버지라는 인물을 만들었을까요?

쿨라는 머리가 뱅뱅 돌아가는 게 느껴진다.

- 쿨라: 제가 할 수 없는 말들을 할아버지를 상상하면 할 수 있거든요. 제 생각엔 할아버지는 한마디로 지혜의 상징이었던 것 같아요.
- 루크: 맞아요, 작가들이 글을 쓸 때 자신이 굶주렸던 어떤 사람을 캐릭터로 만든다는 얘길 들었어요.

- 쿨라: 그런 셈이죠. 저는 늘 저를 위로하고 더 나은 지혜로 이끌어주는 존재가 있었으면 했어요. 할아버지는 제 말을 묵묵히 들어주면서 적절한 시기에 필요한 통찰을 주잖아요. 제가 갈구하는 것이 무엇인지 정확하게 알아요. 방황하는 중에도 나를 늘 따뜻하게 바라봐준 것만 같아요.
- 루크: 좋네요. 할아버지 같은 존재가 있으면 훨씬 따뜻하게 방황할 수 있겠어요.
- 쿨라: 따뜻한 방황이라는 거죠?

쿨라는 잠시 생각에 빠지더니 루크에게 말한다.

- 쿨라: 그러니까 홀든에게 피비같은 존재 말하는 거잖아요.
- 루크: '호밀밭의 파수꾼'의 홀든과 피비요?
- 쿨라: 홀든이 집에 들렀다가 다시 나갈 때 피비가 크리스마스 선물 살 돈을 오빠에게 내어주는 장면 기억나요?
- 루크: 네, 기억나죠. 피비는 이 소설에서 제일 멋있는 존재라고 생각했어요.
- 쿨라: 맞아요. 홀든이 집으로 돌아가게 된 것은 어른들의 훈계와 타이름도 아닌, 짐을 싸서 홀든과 같이 도망가겠다는 피비의 결심 덕분이었어요.

- 루크: 음… 홀든의 존재 자체를 걱정하는 사람은 피비밖에 없었던 거네요.
- 쿨라: 맞아요. 사랑하는 사람은 그저 온 마음으로 상대방을 지키는 거예요. 방황을 하든 안 하든.
- 루크: 마음에 들어요.

쿨라는 루크가 집중하는 눈빛에 가득 담긴 기운을 놓치지 않고 마음껏 구경한다. 루크는 잠시 말을 멈추고 멍하니 통로를 바라보다 쿨라 쪽으로 몸을 돌린다.

- 루크: 어떻게 그런 치유의 언어들이 나왔어요?
- 쿨라: 아픔에 대한 태도가 중요해요. 마음이 편안할 때가 있어요. 그때 지난 아픔에 현명하게 반응할수록 치유의 언어가 찾아와요. 치유의 세계로부터 허락을 받은 것만 같은 언어들이 있거든요.
- 루크: 결국 이 글은 쿨라의 치유의 이야기네요.
- 쿨라: 네. 그걸 루크가 몰래 읽은 거고요

루크는 잠시 생각에 빠져 있다가 쿨라에게 산뜻한 얼굴로 물었다.

― 루크: 크루즈 여행에 대해서 얘기해줘요.

― 쿨라: 바다빛깔, 바람, 햇빛, 음식, 사람들 구경하는 거 모두 다 충만했어요. 고생 끝에서야 벅차오르는 다른 여행과는 달랐어요. 쉬면서 날 돌아볼 수 있었죠.

― 루크: 그거 참 좋네요. 만족스러웠겠어요. 특별히 느낀 거라도 있어요?

― 쿨라: 글을 다 쓰고 느낀 게 있어요. 저는 항상 자신만이 자신을 구할 수 있다고 생각했어요. 그런데 자신이라는 독보적인 존재 속에서도 여전히 타자의 존재를 바라는 것이 인간이라는 걸 알게 되었어요. 그리고 저는 그걸 인정해야만 했어요. 늘 제 곁에 지혜로운 할아버지 한 명쯤은 두고 싶었으니까요.

― 루크: 근데 그것도 결국 쿨라잖아요. 쿨라가 상상해서 만들어낸.

쿨라가 어쩔 수 없다는 듯 눈을 굴리고는 웃음을 짓는다.

― 쿨라: 그렇네요. 결국 저네요.
― 루크: 그래도, 쿨라 안의 할아버지는 살아있게 해줘요. 할아버지일 때 쿨라는 외롭지 않잖아요. 글도 술술 써지고요.

― 쿨라: 그러게요. 어쩌면 저는 저의 자애로운 면을 보고 싶었던 게 아닐까 생각해요. 얼마나 많은 순간 스스로에게 엄격하고 시리게 대했는지. 할아버지의 따뜻함은 나 자신에게 베풀어야 할 숙제였던 것 같아요.

chapter 27
어린이와 어른

 루크가 손을 들고 고갯짓을 하자 승무원이 다가온다.

- 루크: 저기요, 위스키 두 잔 주시겠어요.

 승무원은 루크가 앳된 얼굴이라고 생각했는지 잠깐 머뭇거리다가 통로로 사라진다.

- 쿨라: 저는 술을 못해요. 아직도 어린애 입맛이라서요.
- 루크: 뭐 그럴 수도 있죠. 핫초코 같은 거 좋아해요?
- 쿨라: 펍에서도 캐러멜 같은 걸 먹을 수 있으면 좋을 것 같아요.
- 루크: 같이 마셔주는 사람이 있을까요?

― 쿨라: 제 이상형이에요.
― 루크: 당신과 똑같은 어린아이를 찾아 헤매는 거예요? 찾아도 대화상대가 안 될 거예요. 그리고 아무리 펍에서 같이 캐러멜을 마셔주는 것도 한두 번이지, 그 이상은 별로죠.
― 쿨라: 어른이어도 자신의 내면의 아이를 잃지 않은 사람을 말하는 거예요. 이상한가요? 지금 들어보니 조금 이상하게 들릴 수는 있겠네요. 어쨌든 이상형은 자유잖아요.
― 루크: 위스키를 한잔해봐요. 어른이 되는 게 얼마나 많은 자유를 주는지 모르는군요.

승무원이 다가와 쿨라와 루크에게 위스키를 건네준다. 잔에 담긴 위스키를 바라보며 쿨라는 어색하게 웃는다.

― 루크: 저기, 정말로 얼굴이 안 좋아요. 이럴 때 한잔하면 훨씬 나을 거예요.

쿨라는 결심한 듯 꿀꺽 위스키를 마신다.

― 루크: 글 다시 한 번 읽어봐도 돼요?
― 쿨라: 애초에 이렇게 물어봤어야죠. 읽어봐요.

chapter 28
진짜 대화

30분쯤 잤을까. 쿨라는 자리가 불편해 어떤 자세를 해도 찝찝하다. 겨우 눈을 떠보니 루크가 자신의 노트북을 들고 글을 읽는 것이 보인다.

루크는 참던 말을 뱉듯 말한다.

– 루크: 왜 그렇게 간절하게 치유를 이야기했는지 이해가 되지 않아요.

잠시 생각하는 듯 스크린을 바라보다가 루크는 비밀을 애기하듯 몸을 기울여 조용히 묻는다.

- 루크: 저기, 저는 그냥 대화하고 싶어요. 그쪽이 불편하다면 하지 않을게요.

쿨라는 설렌다. 무슨 말을 할지 예상은 가지 않지만.

- 쿨라: 불편할 시점은 이미 지난 것 같은데요.
- 루크: 괜찮겠죠? 깊은 얘기야말로 당신이 집중할 것 같으니까. 그리고 나는 당신 얘기를 듣는 게 집중이 잘 되니까요.
- 쿨라: 네, 뭐 그렇죠.

루크는 망설임 없이 말한다.

- 루크: 많이 아팠어요?

쿨라는 등골이 오싹하다. 쿨라는 낯빛을 숨기려고 한다. 루크는 침착하게 쿨라를 바라본다. 쿨라는 그런 루크가 조금 무례하다고도 생각한다.

'서로의 불안을 봤다고 허물없는 사이가 되었다고 생각하는 건가.'

― 루크: 1인 2역까지 해가면서 글을 쓰기까지 얼마나 많은 생각을 했을까 하는 생각이 들었어요. 짧은 시간에 걸친 과정이 아니라는 것도 더더욱 알겠고요. 치유라는 신념이 굳건했다는 것도 느낄 수 있었어요.

쿨라는 루크의 말에 선뜻 받아칠 수 없다.

― 루크: 언제부터 이런 생각을 했어요?

쿨라는 망설이지만 그 모든 것에도 불구하고 진실을 말하고 싶은 은밀한 마음이 피어나는 것을 느낀다.

― 쿨라: 어렸을 때부터요.
― 루크: 치유에 대해 통찰해왔다는 건, 그만큼 성장한 사람이 아닐까 생각했어요. 그리고 끝끝내 아픔에 지지 않았다는 것도 알겠어요.

쿨라는 루크가 하는 말들을 되새겼다.

― 쿨라: 맞아요.

- 루크: 불안으로 벼랑 끝까지 몰려본 사람이 말해준 게 기억나요. 꼼짝할 수 없는 상황에서는 본능적으로 남들보다 상상에 대한 영역이 깊어진다고. 저는 그게 마치 살고자 하는 의지처럼 보였어요. 쿨라도 그런 거죠?
- 쿨라: 그렇게 볼 수도 있겠네요.

쿨라는 자신의 표정이 딱딱하게 굳는 걸 느낀다. 쿨라는 루크의 추론을 언제까지 듣고 있어야 하는지 인내심을 잃어간다.

- 루크: 할아버지와의 대화에서는 온갖 답으로 가득했어요. 저는 이 글을 보고 왜 아이가 떠올랐는지 모르겠어요. 아이가 혼자서 버거운 일을 겪었던 것만 같아요. 어린 아이는 그 나이에 맞게 살아야죠.

쿨라는 덜컥 가슴이 떨어지는 것을 느낀다.

- 루크: 근데 더 슬픈 건 정말로 진실을 받아들이고 평화를 누린다는 거예요. 물론 당사자에게는 좋은 소식이겠지만, 마음이 좋지 않아요.

쿨라는 멍하니 이야기를 삼키고 있었다. 깊은 가슴 속에서 울컥 올라오는 느낌을 받는다. 오랫동안 가까스로 억누르고 부정하고 싶었던 것이. 루크와의 대화를 멈추고 싶다. 이렇게 깊은 대화를 바란 것이 아니었는데. 정곡을 찔린 기분이다. 루크는 좌석에서 튀어 나간다. 잠시 후 뒤엉킨 휴지를 가지고 온다.

- 루크: 미안해요, 내가 괜히 얘기한 것 같아요.

쿨라는 휴지로 자신의 눈물을 닦을 틈도 없이 멍하게 허공을 바라본다. 그리고는 루크의 말을 인정하고 있다는 걸 발견했다.

- 루크: 걱정하지 말아요. 생각해보니 나이답게 살지 못하면 뭐 어때요. 지금 행복하고 마음이 편하면 그만이죠.

쿨라와 루크는 대화를 멈췄다. 다시 기내식 차가 돌아왔다.

chapter 29
지혜로운 아이의 비애

 쿨라는 침묵을 느끼고 있다. 피할 수 있다면 이 자리를 피하고 싶다. 내심 할아버지와의 대화를 읽고 자신을 특별하게 생각해주길 바랐던 쿨라였다. 아픔에 대해 직접 물어보았다는 사실도 부담스러웠다. 이렇게 자신을 가차 없이 캐 버린 상대에게 일일이 변명하고 싶지만, 이미 변명임을 인정하고 있다는 사실이 쿨라를 체념시킨다.

 '너를 누구보다 잘 알고 있는 게 아닐까. 네 마음 깊숙한 곳에 숨겨둔 이야기들을 나눌 유일한 기회일지도 몰라.'

 콧물이 멈췄다. 이런 얘기는 이 비행기 안에서밖에 못 할 것 같았다. 이 비행기에서의 시간이 끝나면 모든 것이 내면에 묻혀버릴 거니까. 쿨라는 자신의 얘기를 남김없이 들어줄 존재를 바라왔다는 사실을 깨달았다. 쿨라는 지금 확신보다는 용기가 필요하다는 것을 알았다.

'그래, 할아버지와는 다른 대화를 시작한다고 생각해보자.'

- 쿨라: 나이가 어떻게 돼요?
- 루크: 25살이요.
- 쿨라: 이런. 나랑 동갑이네. 그러면 말 놓을게.
- 루크: 그래. 아까부터 놓을 걸 그랬어.

쿨라는 마음을 가라앉히고 나지막이 말했다.

- 쿨라: 아팠어. 깊은 불안이 있었거든.

루크는 쿨라를 굳건한 눈빛으로 바라본다.

- 루크: 나도 그래. 그러니까 겁먹지 마. 불안에 대해서는 물어보지 않을 테니까. 지난 얘기들이잖아.

루크를 바라보는 쿨라의 눈동자가 살짝 흔들린다.

- 루크: 그래도 지나온 삶을 얘기할 수는 있지. 어떻게 자랐어?

쿨라는 잠시 손을 모아 꼼지락거린다.

- 쿨라: 어른들은 나더러 똑똑하고 지혜로운 아이라고 했어. 그래 봤자 어렸지만. 어른들의 답을 짊어지고 올바르게 행동했지. 한 존재로서 표현되지 못했던 아이였어.
- 루크: 그랬구나. 그저 해맑게 자랄 수 있었으면 좋았을 텐데.
- 쿨라: 맞아. 나는 다른 아이들을 많이 동경했어. 그 나이에 맞게 분출하는 아이들의 솔직함이 사정없이 마음을 찌르더라고. 특히 아이들이 지닌 자연스러운 에너지가 진심으로 아름다웠어. 한 명, 한 명 모두 자신만의 생명력을 뿜어내며 살아 움직이는데 기가 죽을 정도였으니까.
- 루크: 다른 아이들이 봤을 때 너도 그렇게 보이진 않았을까?
- 쿨라: 나는 생각만 많았을 뿐이야. 수많은 행렬의 행진에서 벗어나 운동장 관중석에 자리를 하나 마련하고 간신히

버텨나가고 있었을 뿐이야. 있는 모습 그대로 자유로워지는 게 얼마나 아름다운 일인지 그때 알았어.
― 루크: 어린아이답게 그냥 에너지가 분출되었어야 했는데.
― 쿨라: 그러니까. 그랬어야 했는데. 나는 그저 괴로운 것을 또 다른 답으로 찾음으로써 잠재울 수 있다고 생각했어. 결국, 그런 내가 할 수 있었던 건 내 안의 공간에 갇혀서 길을 더듬어 계속 답을 찾아가는 것밖에 없었어. 쪼그려 앉아 내 영혼과 맞추어가면서.
― 루크: 복잡한 상황이었네.

루크는 생각에 빠진 얼굴로 한 단어씩 차근차근 말한다.

― 루크: 참 많이 외로웠겠다.

쿨라는 루크의 한마디가 처음에는 담백하게 느껴지다가 점점 포근하게 느껴졌다. 루크의 목소리가 좋다는 것을 알아차렸다.

― 쿨라: 어찌 보면 난 어렸을 때부터 홀로 치유를 찾고 있었는지도 몰라. 치유라는 단어만 나중에 찾은 것뿐이지.

— 루크: 어린아이가 치유를 찾고 있었다니. 바람직한 건지 모르겠네.

— 쿨라: 내 안에서 자유를 바랄 때 내가 할 수 있는 건 하나밖에 없었어. 상상하는 거. 그래서 지금까지 치유를 상상하게 된 거 같아. 그리고 그 인내의 시간을 글쓰기로 견딘 거겠지.

— 루크: 그렇게 혼자 외롭게 갇혀서 지내지 않아도 됐었잖아.

— 쿨라: 학교는 지혜나 치유라는 것에 대해서는 무지하잖아. 아이들이 추구하는 여러 분야의 주제를 탐구할 과정도 허락하지도 않고, 결과 지향적인 것만 중요시하니까. 답만을 내놓는 어른들이 있고 과정을 잃어가는 아이들이 있어. 아이들이 스스로 느끼며 답을 찾아갈 충분한 시간이 주어지지 못해.

— 루크: 그래서 외로웠던 거지?

쿨라는 점점 겁이 나기 시작한다. 자신이 콧물과 눈물로 범벅이 되어 모래를 잔뜩 묻히고 와서 덜덜 떠는 어린아이처럼 보일까 봐. 너무나 어려 보이기만 하는 힘없는 아이의 모습만 볼까 봐. 쿨라는 결국 진실의 힘을 벗 삼아 자신이 어떻게 보일지에 대해 내려놓기로 한다.

- 쿨라: 충분한 시간을 가지는 대신, 많이 뒤처져야 했어.

쿨라는 민망한 듯 발을 바라본다.

- 루크: 치유라는 거대한 주제에 제대로 집중한다면 뒤떨어진다는 생각이 들 수밖에.

쿨라는 화들짝 놀랐지만, 티를 내지 않고 루크를 바라본다.

- 루크: 가치 있는 것일수록 오래 공들여야 하잖아. 학교는 너무나 빠르게 움직이고. 그래서 나도 학교에서 내 가치를 찾기 어려웠어. 내가 배우가 되기 위해 학교를 떠난 것도 그 이유 때문이야.
- 쿨라: 그랬구나. 과감하네.
- 루크: 오히려 네가 더 그렇지 않나. 내면을 탐구하는 일이 얼마나 어렵고 힘든 일인지 나도 연기를 해서 잘 알거든.

쿨라는 루크가 자신을 이해해주는 것이 심상치 않은 일이라고 생각한다. 이제 진정으로 루크와 연결되는 기분이 든다.

– 쿨라: 오랜 시간이 지나 치유를 느끼는 마법만큼은 진짜였어. 엉성한 시도에도 치유는 나에게 문을 활짝 열어주었어. 그걸 느끼고 기록하는 것이 깊은 위안이었던 건 맞아.

쿨라는 자신의 치유에 대한 노력이 미성숙한 아이를 성장시켰다는 사실을 루크가 알아 다행이라는 생각이 들었다. 휴지를 만지작거리며 다시 조용히 바닥을 본다.

– 쿨라: 지금 보니, 마음속 어린아이를 성장시키는 것은 답이 아니라 상처에 대한 해설이라는 생각이 드네.

쿨라가 머쓱한 듯 미소를 짓고는 서둘러 코를 풀고 봉지에 넣었다. 대화는 멈출 수 없었다. 두려움을 이기는 강렬한 힘이 대화를 계속 열어주었다.

– 쿨라: 20대는 한결 나았어. 답이 중요해지는 시기라서 그런지, 빠르게 정리되는 기분이었지. 미래를 위해 힘껏 노력했어. 가능성이 일상에 빛처럼 들어왔지. 10대 시절을 보상이라도 하듯 힘껏 밝게 살았어. 그리고는 다시 곤두박질쳤지.
– 루크: 왜?

- 쿨라: 이번에는 나 자신의 모습대로 살지 못했던 거야.

쿨라의 고요한 목소리를 끝으로 침묵이 흘렀다. 루크는 무거운 표정으로 대화를 다시 시도해보듯 물어본다.

- 루크: 네 진정한 모습을 찾은 것 같아, 지금은?
- 쿨라: 과정 중에 있지.

루크는 골똘히 대화 주제를 짜내듯 구부정한 자세로 꼰 다리를 달달 떨며 손톱을 물어뜯는다.

- 루크: 흠, 연애는 어땠어?
- 쿨라: 한 번도 만나본 적 없어.

루크는 믿지 못하겠다는 듯한 표정을 짓다가 쿨라와 눈을 마주치고 서둘러 예의를 차리고 침착하게 말한다.

- 루크: 그럴 수도 있다고 생각해. 이유는?
- 쿨라: 그건 잘 모르겠어.

루크는 배낭에서 초콜릿을 꺼내 건네준다. 쿨라는 초콜릿을 씹으며 존중해주지 못해 미안하다는 의미로 받아들인다. 쿨라는 입으로 열심히 초콜릿을 녹이다가 꿀꺽 삼킨다.

- 쿨라: 지금이 아니고 몇 년 전의 나였을 때. 내가 나를 몰랐을 때. 누군가 나 같은 애를 좋아해 준다는 것이 실감이 안 났거든. 그리고 어떻게 해야 할지 잘 몰랐어.
- 루크: 상대를 좋아하지는 않았고?
- 쿨라: 나도 너무 좋아하는데 서툴게 대할까 봐 너무 불안했지. 그 불안과의 싸움에 그만 질려버려서 사랑을 포기한 것도 몰랐어.
- 루크: 자기에 대해 그렇게 고민을 많이 하는 사람이 왜 그런 건 몰랐을까.
- 쿨라: 맞아. 바보 같았지.
- 루크: 사실 나도 바보 같은 짓 많이 했어. 들어볼래?

루크는 대단한 이야기라도 꺼내듯 우쭐한 자세를 취한다.

- 루크: 좋아하던 여자애가 있었어. 내가 진짜 좋아했는데 그 아이도 갑자기 나한테 관심이 생긴 거야. 밤에 전화가 왔

지. 전화한 이유야 뻔하지. 그 아이가 무언가를 물어봤고 나는 생각해보겠다고 내일 말해주겠다고 하고 바로 전화를 끊었어. 밤새 서로 알아가며 대화하기를 그토록 꿈꿨으면서.

　- 쿨라: 상상이 안 가.

　- 루크: 그 아이 눈도 못 쳐다보고 인사를 해야 하나 말아야 하나, 옆에라도 앉으면 어떡하나. 좋아하는 마음은 너무나도 커졌는데 그 아이의 주변에도 있기 힘든 거야. 그때 알았어. 불안이 심한 사람의 사랑은 힘겹다는 것을. 그래서 너무 불안한 나머지 사랑에도 질려버렸다는 말, 나도 이해해.

　- 쿨라: 그렇게까지 말해주다니 고맙네.

　- 루크: 뭘 그런 걸 가지고. 웃긴 건 그게 중학생 때 있었던 일이라는 거야.

루크는 어깨를 들썩하며 팔짱을 낀다. 쿨라가 크게 웃는다.

　- 루크: 하지만 난 그 이후 사랑 앞에서는 조금 뻔뻔해지기로 했어. 그건 자기 정체성을 발견하는 것 다음으로 짜릿한 일이야. 뭔가 모자라는 게 사랑의 불을 지피는 에너지라니까. 꼭 말로 해야 알겠어?

　- 쿨라: 그래, 그거야말로 제대로 된 삶이라고 말할 수 있

겠네.

− 루크: 미워 보일까 봐 걱정하지 마. 어차피 아름다운 건 추해질수록 아름다운 거야. 너도 정제되지 않은 것에 끌리지 않아?

− 쿨라: 마음이 약해지지, 그런 것 앞에서는. 그리고 무엇보다 강하게 그걸 보호하고 싶어.

− 루크: 거봐.

루크는 쿨라가 양팔을 들어 고무줄로 긴 머리카락을 질끈 묶는 것을 조용히 지켜본다.

− 루크: 나는 아픔을 가진 사람들에게서 매력을 느껴. 그런 아픔에도 죽지 않고 살아남아 내 앞에 있다는 거니까.

쿨라가 살포시 웃었다. 루크는 한동안 쿨라에게서 눈을 떼지 못하고 있다가 어쩔 수 없다는 듯이 한숨을 쉬었다.

− 루크: 만약에. 이렇게 말해주는 사람이 있으면 붙잡아. 치열한 정신 뒤에 한없이 섬세한 네가 좋다고 하는 사람. 긴 여정 끝에 드디어 자신을 사랑하려고 노력하는 너를 축하해

주는 사람. 그러면 그 사람 믿어도 될 거야. 아무리 네가 서툴러도 그런 사람은 붙잡아야지.

쿨라는 따뜻한 기운이 온몸으로 퍼지는 것을 느낀다. 불안이 사라지고 있었다.

chapter 30

답

  – 루크: 궁금한 게 있어. 글을 쓰진 않을 땐 어떻게 치유해?
  – 쿨라: 난 늘 글이 필요한데.
  – 루크: 매 순간 글을 쓸 순 없잖아.

루크는 테이블에 팔꿈치를 기대고 쿨라의 얼굴을 뜯어보며 생각이 잠긴 듯 물어본다.

  – 루크: 최근에 크게 웃거나 운 적 있어?
  – 쿨라: 잘 기억이 안 나.
  – 루크: 네 안에서 머무르는 감정들을 돌봐줘. 어린아이가 느꼈을 외로움, 불안, 절망 모두. 혹은 환희, 가능성, 기쁨 모

두. 사람이 가장 자유로울 때는 감정이 해방될 때야.

쿨라는 루크가 하는 말을 정확히 알아들었다.

내 감정에, 나의 에너지에, 나의 심장에 귀를 기울였어야 했다. 그렇지 않으면 내 영혼은 숨 쉴 수 없다. 그런 나에게 불안은 당연한 반응이었을 수도 있다. 나는 나 그 자체로 존재해야 하는 거다.

쿨라는 수첩에 휘갈겨 적는다.

— 루크: 또 뭘 적어? 지금 생각한 건데, 할아버지와의 대화로 글이 완성될 수 없어.

쿨라는 글씨를 적다가 손을 멈추고 루크를 빤히 쳐다본다.

— 쿨라: 왜?
— 루크: 주인공이 진정으로 자유로워져야 치유되는 거잖아.
— 쿨라: 진정으로 치유된 것이 아니라는 거야?
— 루크: 혼자의 상상만으로 이룬 치유의 끝은 불완전할 수밖에 없지 않을까?

쿨라는 전에 비행기에 탔을 때 느꼈던 압력이 다시 턱 끝까지 차오르는 것 같다.

- 루크: 어쩌면 너는 더 방황해야 할지도. 방황은 끝나지 않잖아.

루크는 장난 어린 심술궂은 표정을 짓는다.

- 쿨라: 나는 방황에도 끝이 있다고 생각해. 방황은 끝나고 다시 시작하는 거지, 살아있는 동안 내내 멈추지 않는 건 아니야. 과거의 고통과 이를 딛고 일어서는 새로운 시작 사이의 공간이 있을 뿐이야.

흥분한 쿨라를 보고 루크는 재미있다는 듯이 웃는다.

- 루크: 그러면 방황도 잠시 쉬었다 가는 셈이네?
- 쿨라: 그럼. 젊음의 혼란에도 끝은 있고, 진정한 어른으로서의 성숙에도 시작이 있잖아. 20대를 떠나보내기에는 너무나 혼란스럽고 새로운 시작을 하기에는 아직은 버거운 내가 있지. 그럴 때 잠깐 머물러서 쉴 수 있는 공간이 있으

면 얼마나 좋을까 하는 생각이 들었어. 그렇게 조금 쉰다고 큰일이 나지도 않는데 사람들은 너무 서두르는 것 같단 말이야.

  - 루크: 맞아, 사람들은 쉼을 자신에게 선사할 줄 몰라. 자신이 아닌 누군가가 쉬어도 된다고 허락해주기를 기다리잖아.

  - 쿨라: 할아버지와의 대화가 내게 쉼을 허락해주는 글이기도 해.

  - 루크: 그저 정신없이 대화했던 것 같은데 쉼이라고 할 수 있나?

  - 쿨라: 그 가운데 영혼만큼은 포근한 깨달음 안에서 편히 쉴 수 있었으니까.

쿨라는 기지개를 피면서 무릎을 힘껏 폈다가 팔을 쭉 편다. 루크는 쿨라쪽으로 몸을 돌려 좌석에 옆머리를 기대면서 산만하게 이리저리 자세를 고친다. 그러다 장난을 치듯 눈을 가늘게 뜨고 말했다.

  - 루크: 아무리 생각해도 진정한 치유는 혼자의 상상만으로는 이루어질 수 없어. 그게 진실인 것 같아. 더 이상은 말

할 수 없어. 이 세상에는 말로 설명하면 다 망쳐버리는 게 있으니까.

chapter 31
이런저런 이야기

 창가 바깥에 펼쳐진 구름은 찬란하다. 햇빛이 뻑뻑한 얼굴을 거울삼아 튕기어 나온다. 쿨라는 몸을 들썩이더니, 이어서 얘기를 이어간다.

- 쿨라: 왜 할아버지만으로 치유가 되지 않는다고 생각해?
- 루크: 골똘히 생각해봐. 이미 답은 다 나왔지만.

루크는 숨을 크게 쉬더니 내뱉음과 동시에 얘기한다.

- 루크: 나도 치유를 믿어. 비행기에서 내려서 앞으로의 삶을 설계해보고 싶기도 하고. 지금은 좀 자유로워진 기분이랄

까. 네 얘기를 들으면서도 더욱 그런 생각을 했고.
- 쿨라: 궁금한 게 있어. 너의 두려움은 뭐야?
- 루크: 내가 두려워했던 건 이런 것 같아. 스트레스받는 건 상관없는데 내가 믿어왔던 것들이 불안에 흔들릴 때, 끔찍하다고 생각했어. 예를 들면 천천히 차근차근 꾸준히 해나가면 되는 일인데, 그렇게 하기도 전에 그 일의 가능성에 대한 의심이 들어서 도중에 집어치운다거나. 내가 할 수 있는 일들이 바람 빠진 풍선처럼 사그라든다거나, 나를 못 믿는다거나 그런 거.

루크는 잠시 침묵에 빠진다.

- 쿨라: 맞아, 나도 그것 때문에 글을 쓴 것 같아. 불안이 앗아간 믿음이랄까. 그걸 회복하기 위해서. 그런데 지나가고 나서야 불안이 앗아간 것은 아무것도 없다는 걸 깨달았지.
- 루크: 불안은 많은 기회를 빼앗아 갔는데.
- 쿨라: 그래? 난 불안이 지나간 다음에 난 이미 온전한 존재였다는 걸 알게 되었고, 불안이 준 가르침만이 남았어. 네게서 기회를 빼앗아 간 게 아니라 네가 그 과정에서 배울 게 있었던 게 아닐까. 다음 기회를 위해서 준비하는 과정이었

던 걸 거야. 앞으로 불안과 싸우지 않는다면 너만의 방법을 찾을 수 있어.

― 루크: 맞아, 네가 쓴 글 중에서 불안과 싸우지 않는다는 게 인상적이었어. 치유의 세계도. 결국 네가 말한 치유의 세계를 만드냐 만들지 않느냐는 자신의 결정이라는 게 내 생각이야.

― 쿨라: 맞아. 나는 많은 사람이 상상의 무엇을 만들어낸다는 것에 거부감을 가지고 있다고 생각해. 그저 눈에 보이는 것에 신뢰를 두지. 그렇지만 상상의 그 무엇도 사실은 이미 있을 뿐 우리가 발견하지 못한 거라는 걸 알면 치유라는 개념에 다가가기 더 쉬울 거야.

조금 전까지만 해도 피곤으로 흐리멍덩했던 루크의 눈이 선명하게 빛났다.

― 루크: 사람들은 자기 안을 들여다보고 혼자서 무언가 일을 꾸며내는 일에 서툴러. 사람들을 찾고 각종 콘텐츠로 뇌를 마비시키지. 이미 만들어진 것들에 파묻혀 살고 있으면서 새로움으로 발을 내딛는 초기의 예술가들을 비웃어. 내가 배우가 된 건 창조해내고 싶어서야. 너도 마찬가지네. 아주 단

단히 상상한 것 같으니까.

- 쿨라: 상상하는 일은 어떻게 보면 결국 설득하는 것으로 끝을 맺을 거야. 꾸며낼 때는 너무나 자유롭지. 그런데 언젠가는 힘겹게 설득할 순간이 올 수 있어. 언젠간 드러내는 것이 의미 있을 때가 오니까. 그것을 남들이 이해하게 하기 위해서는 또 다른 알을 깨고 나와야 한다고.
- 루크: 근데, 꼭 설득해야 할까? 꾸며내는 지점부터 어쩌면 사람들은 이미 알지 않을까?

몸을 좌석에 기대고 팔짱을 낀 채 고개를 까딱거리는 루크 특유의 몸짓을 아까부터 쿨라는 흥미롭게 보고 있다.

- 쿨라: 그러네. 사람들은 이미 거기서 알아차릴 거야.

쿨라는 창문 밖을 바라봤고, 루크는 쿨라에게서 빌린 핸드폰에 있는 음악을 들었다. 잠시 둘은 침묵으로 접어들었다.

chapter 32
루크

루크는 목걸이를 만지다가 조용히 목에서 풀어낸다. 목걸이를 열고 쿨라에게 그 안에 있는 사진을 보여준다. 루크는 담담하게 말했다.

- 루크: 우리 엄마야.

쿨라는 루크가 목걸이를 보여주느라 자신에게 가깝게 다가온 것이 기분 좋다. 아까부터 루크가 목에 걸려있던 목걸이를 계속 쓰다듬고 있었다는 건 쿨라도 알고 있었다. 열린 목걸이에는 활짝 웃고 있는 40대 여성의 사진이 있었다.

- 쿨라: 미인이시네. 좋으시겠다. 아들이 사진도 가지고 다니고.

루크는 목걸이를 받으며 다시 조심히 목에 걸었다.

- 루크: 어릴 적 엄마가 돌아가셨어.
- 쿨라: 어머니가 돌아가신 줄은 몰랐어. 미안해.

쿨라는 루크에게 놀란 기색을 보이지 않으려고 한다.

- 루크: 괜찮아. 5살 때부터 꿈이 배우였는데 엄마가 돌아가시고 꿈을 포기했어.
- 쿨라: 힘들었겠다.

쿨라는 터무니없이 작은 힘을 지닌 이 한마디를 택한 자신을 탓하고 싶다.

- 루크: 그 상처가 점점 나아지면서 20대가 되고 다시 꿈을 꾸기 시작했지. 오디션을 보러 다니고 연기 수업도 받고. 그런데 쉽지 않았어. 드디어 내가 인생의 방향을 잡았는데. 있

잖아, 그러니까. 혼자서 불안을 마주하기가 정말 힘이 들더라고. 누구에게 불안을 꺼내어 얘기할 수도 없었지. 누구와도 그런 대화를 나누기 힘들었거든.

쿨라는 루크를 따뜻하게 살펴본다. 눈을 보다가 얼굴 전체가 시야에 들어왔고, 루크의 주변이 보였다. 그리고는 다시 눈을 봤는데, 쿨라는 자신의 마음을 들킨 것 같다. 예전 같았으면 서둘러 정신을 차리고 퉁명스럽게 행동했겠지만 쿨라는 그러고 싶지 않다. 쿨라는 루크가 자신을 내치지 않을 것 같다고 느꼈다.

 ‒ 쿨라: 아무리 생각해봐도 네가 나를 짚어낸 걸 보면 신기해.
 ‒ 루크: 쿨라, 나는 배우지망생이야. 배우는 당연히 인간의 감정을 볼 수 있어야겠지. 그걸 연구하니까. 그런 의미로 난 너의 감정과 연결되었던 것 같아.

루크는 잠시 목걸이를 만지작거리며 쳐다본다.

 ‒ 루크: 생각해보니 그건 우리 엄마 때문이더라고.
 ‒ 쿨라: 엄마?

- 루크: 응, 우리 엄마. 엄마는 멋진 분이야. 나의 완전한 사랑이라고 말하는 게 부끄럽지 않을 만큼. 나를 정말 잘 돌봐주는 천사 같은 분이셨거든. 넘어져서 우는 것 하나도 그대로 두지 않고 늘 무릎을 꿇고 내 시선을 맞추셨지. 돌아가시기 전까지 헌신적으로 날 키워주셨어.

쿨라는 루크의 얼굴과 루크 엄마의 얼굴이 겹쳐지는 것을 느낀다.

- 쿨라: 정말로 꿈같은 존재였네. 말만 들어도 알겠어.
- 루크: 엄마 덕에 충만한 어린 시절을 보냈어. 엄마는 내 감정을 소중히 여기셨어. 그런 엄마 곁에서 자연스레 감정을 다루고 파악하는 법을 배울 수 있었지. 다른 사람의 마음을 헤아리는 일이 결국 나를 포함한 타인을 치유하는 거라고 말씀하시곤 했었지. 아마 병석에서 돌아가시기 전에도 계속 해주셨던 말씀이었던 것 같아.

쿨라는 묵묵히 존중의 감정을 꾹꾹 담아 루크의 눈을 맞춘다.

- 루크: 엄마도 아마 너한테 똑같이 말했을 거야. 감정을

돌봐주라고. 이런 말 하면 좀 웃길 수도 있는데, 너한테 말할 때 엄마가 날 감싸는 게 느껴졌어.

쿨라는 루크의 쑥스러운 표정을 차분히 바라본다.

― 루크: 누군가의 상처 속에 머무는 게 참 신비로웠어. 너를 위로하는 내용이 담긴 한 서정적인 영화 속에 남자주인공으로 내가 나오는 걸 상상해봤어.
― 쿨라: 와. 그 순간에 그런 생각을 했다는 건, 근사하네.
― 루크: 전에는 배우라는 직업이 그냥 인간적이고, 다채로워서 좋았어. 그런데 어쩌면 정확하게는 헌신하는 사람이 되고 싶은 거였어. 내가 아는 감정으로 혹은 이해하고 싶은 감정을 바탕으로 사람들을 치유하기 위해서.

루크가 결심한 듯 낮은 목소리로 에너지를 꾹꾹 담듯 말했다.

― 루크: 엄마의 뜻을 떠올리게 됐어. 이제 무슨 일이 있어도 배우로서 견딜 힘이 생긴 거겠지.
― 쿨라: 지금 당장 오디션을 붙냐 안 붙느냐에 관계없이 말이지?

쿨라는 루크에게서 처음 나오는 표정을 보았다. 마치 루크의 미래의 표정을 갓 본 것처럼 새로운 기분이 들었다. 그리고 이내 그것을 덮어 얼굴을 감싸는 은은한 소년의 기운이 느껴졌다. 루크는 생각에 잠긴 듯 말한다.

- 루크: 그리고 나도 이제 기뻐해도 된다는 것도 알게 됐어.
- 쿨라: 충분히 슬퍼했구나. 이젠 기뻐도 괜찮을 거야.
- 루크: 결국 괴로웠던 것들이 끝이 나네, 이렇게.
- 쿨라: 축하해. 케이크라도 준비하고 싶다.

루크는 수줍게 쿨라의 눈을 바라본다. 쿨라가 씩씩하게 웃으며 대답한다.

- 쿨라: 나는 글과 치유에 파묻혀 내 아픔을 잊고 있었고 그게 잘하는 거라고 생각했어. 그런데 네가 그걸 짚어주니까 오히려 위로가 되더라.
- 루크: 누구라도 알아볼 수 있었을 거야.
- 쿨라: 그건 아니야. 훗날 누군가는 네 깊이를 알아보고 기뻐하겠지. 앞으로 너는 분명 시나리오 선택을 잘할 거야. 연기하고 싶은 캐릭터를 만날 거고, 헌신하면서 연기해낼 거라는 걸 알아.

chapter 33
하늘의 정류소

　－ 루크: 이렇게 옴짝달싹할 수 없는 비행기 안이라니, 힘들다. 이제 거의 도착할 때가 됐네.

　－ 쿨라: 정말이네, 말을 너무 많이 한 것 같아.

　－ 루크: 폐쇄적인 공간이라 더 밀도 있는 대화를 나눈 것 같지?

　－ 쿨라: 불안해서 의지할 곳이 없어서 그랬던 거지. 그런데 사실 머리가 좀 지끈거리네.

　－ 루크: 나는 오히려 머리가 개었는데. 어, 그러고 보니 나 불안하지 않네, 이제. 너도 그런 것 같은데.

　－ 쿨라: 그러네. 불안이 끼어들 틈을 주지 않았으니까. 내가 얼마나 집중했는지 넌 모를 거야.

― 루크: 네 글을 읽은 건 인생에서 잘한 일 top 5안에 들걸. 물론 몰래 봐야 한다는 용기가 필요했지만.
― 쿨라: 그건 용서할 수 없는 행동인데.

쿨라는 엄한 표정을 지으려고 하지만 씰룩대는 입꼬리를 숨길 수 없다.

― 쿨라: 손을 잡은 나도 미쳤지.
― 루크: 그건 고마웠어, 정말로.
― 쿨라: 생각해보니 오히려 내가 더 고마워. 나는 내심 글을 누가 읽어줬으면 했거든.
― 루크: 흠, 알겠어. 작가들도 누군가에게 출판하기 전에 글을 보여주니까.
― 쿨라: 이제 네 연기를 보고 싶어.
― 루크: 연락처 주고받을까? 나는 서점에서 네가 출판한 책을 보면서 연락처를 물어보지 않았다는 자괴감에 빠지고 싶진 않은데.
― 쿨라: 그건 나도 마찬가지. 나도 후줄근한 소파에 파묻혀 TV에서 너를 보고 추억만 하고 싶진 않네.
― 루크: 좋아. 여기 내 연락처.

루크는 냅킨에 볼펜으로 휘갈겨 적어 쿨라에게 내민다.

– 루크: 한국에 가면 뭐부터 할 거야?
– 쿨라: 무언가 쓰겠지. 그리고 좀 더 건강하게 생활하는 게 좋겠어.
– 루크: 감정을 무시하고 답만을 좇으면 불안해질 수 있어.
– 쿨라: 알겠어.
– 루크: 아까 비행기에서 처음 만났을 때 무표정이어서 잘 몰랐는데 너 웃는 게 예뻐.
– 쿨라: 응?
– 루크: 그 웃음이라면 감정들을 충분히 어루만져줄 수 있는 여력이 있을 것 같아. 왠지 마음이 놓이네.
– 쿨라: 고마워.

쿨라는 이 비행기 안에서 자신의 존재가 변했다는 것을 알아차렸다. 쿨라는 처음으로 만나는 새로운 치유의 기운이 떠오르는 걸 느낀다.

– 루크: 네가 그토록 치유 속에서 머무른 덕분에 그런 웃음을 가지고 있는 거겠지.

쿨라는 가슴이 뛴다. 애써 다른 말을 이어본다.

- 쿨라: 요가 계속하고 좀 뛸까 봐. 운동만큼 좋은 것도 없으니까.
- 루크: 그리고 사람도 좀 만나. 사람을 만나야 감정들의 다채로움을 맛볼 수 있잖아. 너에게 맞는 상대가 아니더라도 꼭 사람들을 만나면서 너의 인연을 기다려.
- 쿨라: 만나야지. 내 불안을 살펴주면서 그렇게 할게.
- 루크: 필요하면 누군가에게 기대기도 하고.

쿨라는 루크를 따뜻하게 바라본다.

- 쿨라: 넌 분명히 배우가 되기 위한 결정적인 과정을 겪고 있는 거야. 반드시 연기에 도움될 거야.
- 루크: 그러고 보니, 비행기에서 불안에 빠진 남자 연기는 자신 있는 것 같아.
- 쿨라: 나중에 꼭 그걸 연기해라.
- 루크: 그럴게. 잊지 않을게.

루크는 쓰레기를 줍고 자리 정돈을 마친 후 상쾌한 듯 코로 숨을 들이마시고 입으로 깊게 내쉰다.

- 루크: 우리 모두 쉬고 있는 것 같아.
- 쿨라: 맞아. 모두 쉬고 있어.
- 루크: 마음이 평화로워. 비로소.

쿨라는 창문 덮개를 열고 햇빛을 마주한다. 풍성한 구름이 가득 펼쳐져 있었다.

- 쿨라: 하늘에도 정류소가 있다면 이런 느낌일까?
- 루크: 움직이지만 멈춰 쉬는 하늘의 정류소. 맞네.
- 쿨라: 혼자였다면 그냥 처박혀서 글이나 썼을 거야.
- 루크: 우리도 적지만 않았을 뿐이지 우리의 책을 쓴 거나 다름없어.
- 쿨라: 그런가.
- 루크: 비행기에서 나눴던 이야기를 책으로 써줄 수 있어?
- 쿨라: 될까? 해볼게.

루크는 싱긋 웃는다.
쿨라의 얼굴에 깨달았다는 듯 미묘한 표정이 떠오른다.

― 쿨라: 덕분에 왜 할아버지와의 만남으로 이 책이 끝날 수 없는지 알았어. 루크, 고마워. 진심으로.

루크는 어깨를 으쓱한다. 쿨라는 웃는다. 루크는 깍지 낀 손을 이리저리 만지다가 재미있는 것이 생각났다는 듯이 눈썹을 추켜세운다.

― 루크: 예술작품에는 예술가의 지극히 개인적인 이야기가 오롯이 담겨 있잖아. 온전한 위로는 너만의 이야기를 하는 거야, 제대로 써봐.

쿨라의 미소가 점점 생기를 띤다.
루크는 쿨라 얼굴 쪽으로 기울여 눈을 쳐다본다. 신사적으로 거리를 유지한 채.

― 루크: 내가 보니, 치유라는 건 끝나지 않아, 절대. 그러니까 걱정하지 말고 삶을 즐겨. 숨 쉬듯 치유를 느끼고 뱉어내며 치유를 흐르게 해. 네 신성한 골짜기에 너무 오래 고이지 않도록. 네 길을 또 걸어야 해. 내가 또 다른 배역을 찾아 나서는 것과 다를 바 없이.

쿨라는 루크가 뱉어내는 말들을 가만히 따라가고 있었다. 그 말들은 아주 부드러운 가루 같아서 바로 쿨라의 마음에 녹아버리고 있었다. 글로 받아적고 싶다는 생각은 사라졌다.

- 루크: 사람들은 힘든 시기가 오면 자신이 쌓아온 힘을 잃어버린다고. 근데 너는 그 자리에서 빛났던 것 같아. 두려워하지 마.
- 쿨라: 고마워.

쿨라는 뭐라 할 말이 없다. 눈으로 루크를 안았다.

- 루크: 그리고 할아버지가 얘기했던 자신의 아름다움을 이해하는 것은 앞으로 내 숙제가 될 것 같아. 이해될 때쯤 우리 다시 얘기해. 전화번호 줄래? 그리고 고개 돌리지 말고 내 말 들어. 지금 저기 초록색 눈동자 가진 남자들이 우리를 쳐다보고 있어. 저 사람들이 나가면 나가자고. 괜히 위험한 걸 수도 있으니까.

chapter 34
멀리건과 짐이 헤어지다

― 멀리건: 영혼의 통역사가 된 이후로 참으로 신기한 순간들을 목격했지만 이런 적은 처음이야. 인간들이 서로 대화하며 서로의 영혼의 통역사가 되어 준다는 걸 알게 된 건 처음이네. 자네도 그렇지 않은가? 이걸 사랑이라고 불러야 할까?

― 짐: 그러지 않을까 싶네. 닿을 듯 말 듯, 맞는 듯 아닌 듯 헷갈려도 들어보니 꽤 정확한 것 같군.

― 멀리건: 자네와 나처럼 두 영혼의 통역사의 만남에 대해서는 들어본 적이 없었는데.

― 짐: 사람마다 한 명씩 영혼의 통역사가 있는데 이렇게 마주칠 일도 있겠다는 걸 왜 생각하지 못했는지.

― 멀리건: 둘은 앞으로 계속 만날 것 같군, 안 그래?

- 짐: 그거야 둘이 알아서 하겠지. 나는 앞으로 언제 또 루크에게 나타날지 모르겠군. 자네는 임무 수행을 마쳤나?

 - 멀리건: 아직. 쿨라를 따라나가야겠어. 여기서 작별 인사를 해야겠군. 이 순간 만남은 참 영광이었네. 앞으로 볼 일이 좀 있겠어. 아이들이 서로 천천히 통역해나가는 걸 우린 그저 지켜보자고.

chapter 35
다시 마주하다

쿨라와 루크는 드디어 비행기에서 내렸다. 쿨라는 다리가 저리고 허리가 아프다. 다리가 마비된 것 같이 어색한 걸음으로 걷다 정신없이 짐을 찾는다. 쿨라는 따뜻한 품이 자신의 등을 감싸안는 것을 느낀다. 뒤를 돌아볼 틈도 없이 루크가 속삭이는 것을 듣는다.

― 루크: 안녕.

쿨라는 뒤로 돌아 꼿꼿이 선다.

― 쿨라: 안녕.

루크는 키가 컸다. 쿨라는 루크를 올려 봤다. 이제야 서로를 진정으로 아는 것 같다.

― 쿨라: 집으로 가는 거지?
― 루크: 응.

쿨라는 손을 내민다.

'이 바보야, 무슨 손을 내미냐.'

쿨라는 자신의 어색한 손을 보며 입술을 물어뜯는다. 루크는 바로 쿨라의 손을 잡는다. 루크는 잡은 손을 다시 기억이라도 하려는 듯 더 굳게 잡는다. 쿨라는 손이 쉽게 놓이지 않는다는 것을 느낀다. 그러다가 둘은 동시에 힘껏 빼낸다. 마치 누구 한쪽이라도 오래 손을 잡고 있지 않았던 것처럼 완벽한 타이밍에.

― 쿨라: 다음에 만나면 네 얘기 좀 듣고 싶어.
― 루크: 정말? 챕터 50장까지 있다고 해도?

루크가 활짝 웃는다.

- 루크: 우리가 한 얘기 잊지 마.

루크는 쿨라를 쳐다보다 결심한 듯 힘껏 쿨라의 입술을 찾아 고개로 더듬거리다 길게 입을 맞춘다.

chapter 36
임무 완성

　멀리서 멀리건은 쿨라를 바라본다. 멀리건은 서둘러 화장실로 가서 문을 닫고 초록색 빛으로 변한다. 초록색 빛은 조용히 사람들 눈에 띄지 않게 민첩하게 움직여 쿨라의 몸에 따라붙는다.

　멀리건은 루크라는 아이의 존재가 내내 신기했다. 사실, 멀리건은 넋을 잃고 둘을 바라봤다. 일종의 쇼크였다. 하나의 영혼에 다른 영혼이 겹쳐 파열음을 내는 것이 이토록 새로운 느낌을 자아내는 것인지는 몰랐다. 멀리건은 짐의 설명을 더 듣고 싶었다. 루크의 빛이 정확히 어떻게 생겼었는지에 대해. 멀리건은 쿨라의 영혼에서 처음으로 생기를 띠며

진해지는 노란색 빛을 발견했다. 난생처음 보는 빛깔에 압도되어 멀리건의 초록색 홍채는 노란색 불꽃을 홀딱 복제하듯 가득 담아냈다.

멀리건은 쿨라가 계속해서 지혜를 상상하며 살아갈 것이란 걸 알았다. 그것이 쿨라가 글을 쓰는 방식이란 걸 알기 때문이었다.

'그것이 작가로서 쿨라가 해야 하는 일이니까. 계속 나아가야 할 길들이 숱할 거야.'

"다음 만남 때 또 다른 이야기를 하게 되겠지."

초록색 불빛이 쿨라의 초록색 스카프로 옮겨갔다. 반짝이던 초록색 불빛이 꺼졌다.

chapter 37

집으로

 쿨라는 사랑에 빠진다는 그 낡은 표현이 이렇게 강력한 줄은 몰랐다. 쿨라의 여행용 가방은 지그재그로 균형을 잃고 있었다. 쿨라는 실실대느라 캐리어를 한 번 놓쳤다. 영혼 속의 보라색 공기가 드디어 사랑의 이름을 띠고 폭죽을 터트리며 화려하게 빛나고 있었다.

 정신을 차리면서 쿨라는 자신이 집으로 가고 있다는 사실을 깨닫는다. 택시를 잡기 전까지 한참을 기다리며 쿨라는 캐리어에 앉아 고동색 노트를 꺼내 들었다.

내적인 여정에 대단한 것은 필요치 않다. 공책, 그리고 펜, 자신과의

대화면 충분하다. 어쩌면 자신과의 대화는 치열하고 외로운 통찰의 흔적일지도 모른다. 집으로 돌아오는 길에서 그 글을 이해하는 누군가를 만난다면 그건 기적이 아닐까.

쿨라는 택시에 타서 창문을 보며 생각에 잠기다 다시 펜을 집어 들었다.

차가운 세상의 끔찍한 온도를 온몸으로 느끼는, 한파에 손과 발이 멍든 자들에게.

어떠한 말보다 그저 여러분의 손을 모아 가슴 가까이 모으고는 춥지 않게 어깨를 감싸주고 싶다. 여러분 스스로 가슴의 온기로 손을 녹이도록 하는 이유는 당신만이 당신을 치유할 수 있기 때문이고, 등을 감싸는 것은 그걸 견뎌낸 당신을 위로하는 건 다른 존재가 할 수 있기 때문이다.

쿨라는 펜 끝으로 창문을 두드린다. 그리고 쿨라는 이제는 빈 공간이 바닥난 고동색 노트의 모퉁이에 간신히 적는다.

우리는 결국 집으로 돌아간다. 새로 시작할 짐을 챙기기 위해서라도 집으로 돌아가야 한다. 결국 우리에게 주어지는 은총은, 잠깐의 쉼이라는 존재다. 바다의 골짜기에서 혹은 하늘의 정류소에서 취할 수 있었던 평안한 쉼. 이 순간은 쉼이다.

쿨라는 노트를 덮고 눈을 감는다.

EPILOGE

팀, 난 집이야. 여행은 마치 1년이라도 지난 듯 까마득해. 너에게 줄 글이 한가득이야. 여독이 풀리면 만나자는 말 덕분에 정리하며 쉴 수 있었어. 이건 너에게 쓰는 마지막 편지야.

여행이 어땠냐고 물을 너의 모습이 선하다. 여정은 마치 한 잔의 스무디를 마시는 것 같았어.

달콤하고 시원하고, 응축된 과즙에다 채 갈리지 못한 과육이 상큼하게 씹히는 스무디. 짧은 시간이었지만 천천히 씹으며 충분히 쉬고 치유를 음미할 수 있었지. 나만의 치유의 재료를 한 데 섞어 마실 수도 있었어. 갖가지 의미를 갈아 만든 깨달음이 순식간에 상처에 곳곳이 빠르게 스며들었지.

내가 하고 싶은 말은, 이 책을 다 읽으면 바다로 나가라는 거야. 너는 늘 바다를 좋아했잖아. 팀, 치유를 바닷물처럼 몸에 끼얹고 적셔봐. 몸을 흠뻑 담가보기도 하고. 한참 헤엄을 치고 그러다 바닷물 맛을 느끼며 골똘히 음미해보기도 하고 물 위에 둥둥 누워 하늘을 보기도 하다가 문득 깨달음을 얻으면 바다에서 나와 환희에 차서 모래사장을 아이같이 뛰어다니기도 하고 말이야. 아이스크림을 먹으면서 누군가에게 달달한 말을 걸어봐도 좋을 것 같고. 마음껏 네 방식대로 치유를 즐겨. 그러고 돌아오면 언젠가 옷에서 바닷물의 짠내를 맡을 수 있는 날이 올 거야. 그게 네가 힘든 순간이건, 괜찮은 순간이건, 또 바다에서의 순간이 기억나겠지. 그러니까 그 순간을 위해 지금은 바다에 흠뻑 젖어 즐거운 시간을 보냈으면 해. 바닷물의 짠내가 옷에 가득 스밀 수 있게.

이젠 정말 널 만나야 할 때가 온 것 같아.

조금만 기다려, 나 지금 너에게로 갈게.

치유의 스무디

초판 1쇄 인쇄	2025년 9월 12일
초판 1쇄 발행	2025년 9월 24일

지은이	정유선
펴낸이	이장우
책임편집	송세아
표지일러스트	@warm.printer
디자인	theambitious factory
편집 제작	안소라 김소은
관리	김한다 한주연
인쇄	KUMBI PNP
펴낸곳	도서출판 꿈공장플러스
출판등록	제 406-2017-000160호
주소	서울시 성북구 보국문로 16가길 43-20 꿈공장 1층
이메일	ceo@dreambooks.kr
홈페이지	www.dreambooks.kr
인스타그램	@dreambooks.ceo
전화번호	02-6012-2734
팩스	031-624-4527

이 도서의 판권은 저자와 꿈공장플러스에 있습니다.
이 책은 저작권법에 의해 보호받는 저작물이므로 무단전재와 무단복제를 금합니다.

일부 맞춤법 및 띄어쓰기의 변형은 저자 고유의 글맛을 살리기 위함입니다.

ISBN	979-11-993697-3-3
정가	16,800원